KARL HEINRICH WAGGERL
ALLES WAHRE IST EINFACH

KARL HEINRICH WAGGERL

Alles Wahre ist einfach

Ein Brevier

Herausgegeben von Lutz Besch

OTTO MÜLLER VERLAG SALZBURG

2. AUFLAGE, 9.–16. TSD.

ISBN 3-7013-0591-9

EINBANDGESTALTUNG: JOSEF NEUHAUSER, SALZBURG
GESAMTHERSTELLUNG: WELSERMÜHL, WELS

STATT EINES VORWORTS

I

Ein Aphorismus ist der letzte Ring einer langen Gedankenkette.

Marie von Ebner-Eschenbach

Eine ganze Milchstraße von Einfällen.

Georg Christoph Lichtenberg

Sprachkürze gibt Denkweite.

Jean Paul

II

Im Erzählerischen habe ich besonders zwei Möglichkeiten vorteilhaft gefunden. Die eine beruht darauf, den gedanklichen Untergrund einer Szene überraschend in einer kurzen, sentenzartigen Wendung zusammenzuraffen. *(Blick in die Werkstatt)*

Manche Kritiker ... meinen, ich verfügte wohl längst nicht mehr über Kraft und Atem, ein umfängliches Buch zu schreiben. Das mag insofern zutreffen, als Kraft und Atem nicht einmal immer ausreichen, der gegenseitigen Forderung zu genügen, nämlich nichts zu sagen, was sich noch einfacher, noch kürzer sagen ließe, selbst wenn ich mit Flugblättern enden müßte. *(Wanderung und Heimkehr)*

Ich kenne keine tiefere Freude mehr als die an einem ausgewogenen, im Gleichgewicht ruhenden

Satz, wo immer ich ihn finden mag. *(Wanderung und Heimkehr)*

Karl Heinrich Waggerl

III

Noch bevor Waggerl als Erzähler hervortrat, veröffentlichte er im Jahre 1924 als Privatdruck eine Sammlung von Aphorismen, die er auch selbst gesetzt, gedruckt und gebunden hatte – »den Freunden gewidmet«.

Die auf das Höchste verdichtete und geschliffene kleine literarische Form faszinierte ihn von Anbeginn an. Viele Gedanken aus dieser frühen Sammlung entdeckt man später immer wieder als jene »kurzen, sentenzartigen Wendungen« in seinen Romanen und Erzählungen.

Sein Nachlaß enthält unter anderem ein Konvolut von Blättern, aus denen der ständige Umgang mit dem Aphorismus hervorgeht. Erste Vorstufen findet man da, verschiedene Reifegrade, immer neue Anläufe zur endlichen, gültigen Gestalt – anscheinend ein jahrelanger Prozeß. Bemerkenswert dabei, daß er die überzeugenden Beispiele aus Marie von Ebner-Eschenbachs Feder dazwischengestreut hat – offensichtlich ist sie ihm Vorbild gewesen.

IV

Die hier versuchte Auswahl holt weit aus. Wohl bilden die Aphorismen den Hauptteil der Sammlung, doch enthält sie nicht nur diese Zeugnisse eines »tiefschürfenden Geistes« (als den die Presse den jungen Waggerl begrüßte), nicht nur die Thesen des unermüdlichen Mahners (der etwa die Sache der Umwelt und ihrer Bewahrung schon vor Jahrzehnten vertrat), sondern auch das Nachdenken über sich selbst, über den eigenen Weg, das Handwerk des Schreibens (»Immer war es mein dringendstes Anliegen, gegenständlich zu denken, nach innen hinein genau zu sehen.« *Blick in die Werkstatt*), sowie – und dies die ganze Sammlung durchziehend – den Sprachkünstler, dem es niemals um Weltanschauung, vielmehr immer um Weltschau gegangen ist, und der seine Heimat auf unvergleichliche Weise zu beschreiben verstand. (Dazu *Rudolf Bayr*: »Vielleicht wird man wieder einmal in Erwägung ziehen, daß auch eine nicht primär ideologisch interpretierbare Prosazeile im Recht sein kann. Einfach deshalb, weil sie schön ist. Dann wird man auch Karl Heinrich Waggerl zitieren.«)

Die Auswahl folgt dem Lauf der Dinge und der Zeit, vom Frühjahr bis zum Winter, vom Morgen zum Abend hin, von der jugendlichen Frische bis zur Müdigkeit des Alters. In jeder Lebensphase hat Waggerl das jeweils Gegenwärtige bedacht. Vom unbekümmerten »Meine Pläne flogen hoch hinaus, in mir brannte das Verlangen, ein anderer zu sein als der, der ich war ...« *(Die alte Krippe)* bis zum wehmütigen Dank »an alle Freunde aus dem stillen Reich der Pflanzen, die mich im Leben begleitet haben, die mich lehrten, einfach da zu sein, mutig und geduldig, und Abschied zu nehmen ohne Klagen.« *(Ein Buch für mich)*

V

Aperçu (geistreicher Einfall), Maxime (subjektiv geltender Grundsatz), Sentenz (allgemeingültiger Denkspruch) begegnen sich im Aphorismus, im »in sich abgeschlossenen, für sich stehenden, nicht mit anderen Sätzen verbundenen, nicht mit Beweisen, Folgerungen und dergleichen belasteten Satz oder Satzverband« *(Wörterbuch der philosophischen Begriffe)*. Die Grundhaltung des Aphoristikers wird von Jean Paul definiert: »Denke immer und zweifle immer.« Darin liegt die Voraussetzung zur geistigen Freiheit, zu der es vor allem gehört, jedem System zu mißtrauen. Denn Systematisieren engt das offene Denken ein und fesselt es mit Übereinkünften und Vorurteilen.

So gesehen, ist Waggerl unter die eigenständigen Aphoristiker der deutschen Sprache zu zählen, deren Urahn Georg Christoph Lichtenberg gewesen ist.

Kurz vor seinem sechzigsten Geburtstag schrieb Waggerl in einem Brief an Edda Wagner: »Vielleicht muß ich die Fähigkeit zu zweifeln für die beste meiner Gaben halten.« Und in *Ein Mensch wie ich:* »Ich kann manchem helfen, wenn er mir glaubt, aber ich kann mich selbst nicht heilen, denn ich glaube mir nicht.«

VI

Manchem Gedanken begegnet der Leser, der in so einem Buch eher blättern als kontinuierlich lesen sollte, immer wieder – in verwandten, aber auch in überraschend anderen Zusammenhängen. Die Unkompliziertheit, Weisheit oder Güte, Natur, Sinn und Zweck ... »Vielleicht kommt es nur darauf an, ein paar einfache Worte zu finden, ein wenig Güte genügt, ein Lächeln.« *(Schweres Blut)*

Wie in einem Musikstück Motive verarbeitet werden, so webt Waggerl in sein Werk Überlegungen, Bilder, Mahnungen ein, die immer wieder aus unterschiedlichen Situationen wie beiläufig in den Vordergrund treten. Gemeinsam stellen sie die geistige Grundlage seines Schaffens dar: »Nach allem, was ich erfahren hatte, fand ich keinen Grund, diese Welt als die denkbar beste darzustellen, auch nicht als die denkbar schlechteste, beides schien mir gleich trivial zu sein. Ich fühlte mich von Anfang an gedrängt, den Kräften nachzuspüren, die das Ganze im Gleichgewicht halten, offenbar von Ewigkeit her und in die Ewigkeit hinein.« *(Ein Mensch wie ich)*

VII

Der längste Atem gehört zum Aphorismus.

Karl Kraus

Aphorismen schreiben sollte nur einer, der große Zusammenhänge vor sich sieht.

Robert Musil

Die großen Aphoristiker lesen sich so, als ob sie alle einander gut gekannt hätten.

Elias Canetti

DIE QUELLEN

	Zeichen:
1. Sämtliche Werke, Band I und II	I
Otto Müller Verlag, Salzburg 1970	II
2. Das ist die stillste Zeit im Jahr	
Otto Müller Verlag, Salzburg 1976	W
3. Briefe, eine Auswahl	
Otto Müller Verlag, Salzburg 1976	Br
4. Nach-Lese-Buch	
Otto Müller Verlag, Salzburg 1977	N
5. Wagrainer Bilderbuch	
Verlag der Arche, Zürich 1973	B
6. Aphorismen, Privatdruck 1924	A
7. Nachlaß, handschriftlich	S

Jedes Zitat ist mit Zeichen und Seitenzahl versehen, also leicht aufzufinden und in seinem größeren Zusammenhang nachzuprüfen.

I

FRÜHLING

1

So kommt der Frühling auf das öde Land, das geschieht über Nacht. Die Luft wird klar und riecht säuerlich, es ist eine laue, fremde Luft, die lautlos über den Kamm des Berges kommt und durch die schwarz gefärbten Wälder fließt. Das Wild wird unruhig, Rehe und Hirsche treten aus dem Holz. Sie wechseln planlos über den glasigen Schnee der Felder, aber auch hier ist er schon faul vom Grunde her, und die schmale Wildspur säuft sich sogleich mit Wasser voll. Im Umkreis einzelner Bäume schmilzt der Firn zuerst, das Wasser wäscht ihn aus, und dann sinkt er mit einem seufzenden Laut zusammen. Es tauchen Sumpfgräser aus der dünnen Decke, die Erde drängt sich mit breiten Buckeln hindurch, braun und dampfend liegt sie in der schläfrigen Sonne.
Das geschieht beinahe über Nacht, einmal im März, zuweilen auch viel später, wenn im Tale schon die Weiden verblüht sind.

I, 9

Ich weiß nicht, ob man das Gefühl, von dem jede empfängliche Seele vor dem Angesicht der Natur ergriffen wird, so nennen kann: Liebe. Freilich ist es wahr, und eine gewöhnliche Erfahrung, daß, wann immer ein Menschenkind in den Schoß der ewigen Mutter zurückkehrt, sein Gemüt in der vielfältigsten Weise bewegt wird, nur durch die beglükkende Empfindung des Geborgenseins vielleicht oder bisweilen auch durch eine leidenschaftliche und inbrünstige Erhebung des Herzens. Was mich betrifft, ich habe es immer wieder so erlebt, und doch möchte ich nicht sagen, daß ich die Natur liebe. Es ist anders, ich bin daheim in ihr.

II, 532

Wer die Natur bewundert, ist ein Fremdling in ihr.

S

Irgendein weiser Mann hat einmal gesagt, der wahre Mensch sei immer traurig. Als mir dieses Wort zuerst begegnete, da war ich jung und nichts weniger als trübsinnig. Aber eben das gab mir ja zu denken, denn ich hatte doch auch nebenbei vor, ein wahrer Mensch zu werden. Also übte ich mich eine Weile in der Kunst des Weltverdrusses, ich mied meine fröhlichen Freunde, und sogar meiner ersten Liebe sagte ich Lebewohl – versuchsweise. Auf diese Art glückte es mir zwar, zeitweilig traurig zu sein, aber immer noch nicht immer. Eigentlich langweilte ich mich nur, und darum entschloß ich mich, mit der Menschwerdung doch noch ein wenig zu warten. Nicht lange danach kam ich von selber zu der Einsicht, daß der wahre Mensch durchaus nicht immer traurig, sondern eher immer närrisch ist, so daß er auch die Fähigkeit der Narren besitzt, mitunter glücklich zu sein. Denn der Verstand findet überall Grenzen, und nur dem Herzen sind Erd und Himmel offen.

W, 55

Man muß das meiste dem Zufall überlassen, denke ich, dem Glück, ich bin nur zu zaghaft, das ist der Grund.

II, 231

Glücklich ist man bestenfalls unterwegs, nie am Ziel.

S

Es ist das Glück der Waghälse, daß die Götter manches nicht für möglich halten.

S

Nur wer nichts besitzt, hat den Mut, alles zu nehmen.

II, 189

Man beklagt zuweilen sein Geschick, wenn man sein Ungeschick beklagen müßte.

A, 12

Nicht von der Größe einer Sache ist dein Schicksal bedingt, sondern von deiner Kraft, dich über sie zu erheben.

A, 11

Oh, eine herrliche Zeit! Der Frühling auf dem Berg ist nicht wie anderswo, nicht prunkvoll und prahlerisch, mit einem Übermaß von Blüten und Blumen. Er liegt in der Luft, der Berg atmet ihn aus. In der Stille liegt er, oder im Orgelton des Windes über den Klüften, im Schrei der Raubvögel, im Schleifen und Zischen der Hähne, wenn sie ums Morgengrauen über die taufeuchten Böden huschen. Dieser Frühling ist nicht sanft, kein zärtliches Getändel, er fällt dich mit Gewalt an, mit einem Mal stürzt er dir rauschend ins Blut . . .

II, 39

Man kann einen Birnbaum nicht mit der Peitsche antreiben, damit er vorzeitig Früchte trägt, oder den Weizen an den Wurzeln kitzeln, daß er schneller reift. Sollte der Mensch um so viel anders beschaffen sein? Ich glaube es nicht. Auch in ihm wirkt ein ordnendes Gesetz, ihm allein eigen und gemäß. Er kann vieles auf der Welt durcheinanderbringen, zu seinem Vorteil, wie er meint, aber an jenes Gesetz darf er nicht rühren, oder es ist sein Verderben.

II, 568

Arbeit tut ja nicht weh. So ist es doch nicht, daß jemals ein gesunder Mensch an seiner redlichen Arbeit zugrunde ginge. Aber Hunger tut weh, an der Unzufriedenheit geht er zugrunde.

II, 522

Arbeit ist gut, Arbeit heilt alles. Der Kummer frißt an der besten Kraft, aber die Arbeit frißt den Kummer auf, sie ist der wahre Erlöser.

I, 63

Ich will dir etwas sagen: Einsiedler sind wir alle. Und übrigens hat Gott mehr Freude an einem fröhlichen Arbeitsmenschen als an sämtlichen büßenden Taugenichtsen.

I, 476

Aber was hülfen Worte? Was helfen sie jemals, wenn ein Mensch vom großen Drang ergriffen wurde? Der Hunger nach Brot läßt sich stillen, der Hunger nach Erkenntnis nicht.

II, 160

Etwas erfinden und etwas machen ist eben zweierlei, und vielleicht will die ganze Welt nur deshalb nicht ins Lot kommen, weil den lieben Gott die Arbeit daran schon längst verdrießt.

II, 521

Es ist kein rechter Trost, daß sich schlechtes Wetter wie die meisten Übel von selber bessert, wenn man es nicht beachtet.

II, 589

Nur was wir selber tun, verknüpft uns mit dem Ganzen des Geschehens und nichts, was einem im Leben an Freuden zuwächst, will ohne das Salz des Schweißes recht gedeihen.

II, 551

Müßiggang, sagt man, sei aller Laster Anfang. Das ist eines von jenen geflügelten Worten, die mich zeitlebens mit der Zudringlichkeit gewisser Fliegen belästigt haben. Welch ein Irrtum übrigens, wenn man sich die Sache gründlicher überlegt! Wieviel Mühe hat es mich doch die Jahre hindurch gekostet, eine vorsichtige Auswahl von Lastern zu erwerben, sie sorgfältig zu pflegen und in anständigen Grenzen zu halten. Anderseits kann ich beschwören, daß mich wiederum nur ein ausgeprägtes Talent zum Müßiggang davor bewahrte, allen Lastern zu frönen, die überhaupt für einen bescheidenen Menschen zugänglich sind. Laster zu haben erfordert Fleiß, ein erhebliches Maß von Witz außerdem und von Geschmack. Man könnte also eher behaupten, daß eine gewisse Trägheit die Mutter der meisten Tugenden sei.

II, 556

Man muß wie ein guter Ochs im Joch gehen, immer des Glaubens, daß jeder Weg im Stall endet.

S

Saat, junge, grüne, wachsende Saat! Am Morgen liegt sie hell und glänzend betaut in der Sonne, sie hat alle Farben des ruhenden Wassers, und am Abend taucht sie bläulich überhaucht in den Schatten. Der Wind gleitet über sie hin wie eine Hand über weiches Haar, kleine Vögel steigen aus dem Felde, stehen einen Augenblick oben in der Luft und singen laut auf, einen einzigen hohen und hellen Ruf.

I, 82

Die Leiden der Menschen ließen sich zur Not aus göttlichem Ratschluß erklären. Aber wo ist Gott, wenn Tiere leiden? Welchen Sinn haben in Hinsicht auf das Letzte die Seelenqualen eines Hundes, der, um seinen Herrn trauernd, stirbt? Wer gab dem Regenwurm ein so wohlausgebildetes Nervensystem, damit er unter meinem Fuß umso elender verrecke? Wo ist der Himmel dieser Märtyrer? Wenn die Tiere nur eine Minute lang Vernunft und Stimme hätten, wäre dieser Gott gerichtet. Man müßte ihn ermorden, wenn es ihn gäbe.

A, 23

Ein unfehlbares Kriterium der sittlichen Anlage eines Menschen ist die Art, wie er Tiere, besonders solche niederer Ordnung, behandelt. Denn da meint jeder vor den Gesetzen der Verantwortung und der Vergeltung sicher zu sein.

A, 4

Erst wenn einmal jeder, der nur eine Ameise tötet, des Mordes angeklagt wird, kann man anfangen, der Zivilisation zu trauen.

A, 24

Vielen Menschen kann man, wie Tieren, nur in beschränktem Maße wohltun.

A, 2

Es gibt wenig ausgesprochen gute oder böse Menschen. Die meisten sind gutmütig, aber nicht gut, und boshaft, aber nicht böse.

A, 4

Herablassung entspringt, ebenso wie Hochmut, dem Bedürfnis, sich vom *Gleichen* zu unterscheiden.

A, 3

Es ist erstaunlich, wie vorurteilsfrei wir zu denken vermögen, wenn es gilt, eine Dummheit vor uns selbst zu rechtfertigen.

A, 1

Wenn man die eitlen Tröpfe unter den Bekannten zählt, verzählt man sich immer um einen.

A, 1

Nicht die großen Fehler, – die kleinen Schwächen machen einen Menschen unerträglich. Am unerträglichsten machen ihn aber die kleinen Tugenden.

B, 54

Der Mensch ist ein fernes Ziel der Natur. Er wird erst da sein, wenn er so zu leben weiß, daß nichts Lebendes darunter leidet.

S

2

Einmal in diesen Tagen kommt plötzlich der Föhn über den Berg, er zerfasert das Gewölk am Himmel und wirft sich ungestüm ins Tal. Ein schwerer Wind ist es, rauschend zieht er durch den Wald herab und weckt mit einemmal das hundertfältige Geläute der Traufen und der Schmelzwässer unter dem Schnee. Dann taucht die Erde heraus, das faltige Angesicht der Erde, zuerst die Maulwurfhügel, Stoppeln und gelbe Halme und die dunklen Furchen auf den Äk-kern. Jeder Baum steht inmitten einer Insel trocke-nen Landes. Die Dorfleute stolpern in ihren Gärten umher und zertreten die letzten Eisschollen im Schatten der Zäune. Zuweilen knickt ihnen ein Windstoß die Kniekehlen ein, sie greifen hastig nach den Hüten, und die Weiber klemmen ihre Röcke zwischen die Beine, damit der Wind nichts Ungehö-riges zu sehen bekommt.

Viel kann man noch nicht tun, der Frühling ist ja noch dürftig, ein paar Primeln blühen am Zaun, ein Fink schlägt in den Stauden. Am andern Tag stürmt es auch wieder, Schnee wirbelt aus den ziehenden Wolken. Aber das ist nur gut, der neue Schnee frißt den alten. Nur noch eine kurze Weile, dann wird man wieder mit dem Pflügen anfangen, die Dächer wird man flicken, die Zäune, es findet sich überall eine gemächliche Arbeit.

I, 575

Gott liebt den Gärtner. Den Bauern ja auch und den Handwerker und was ihm sonst noch um die Füße stolpert, aber den Gärtner besonders. Er war ja selber einer am Anfang, als er noch sagen konnte, es sei gut. Und darum schaut er es mit freundlichen Augen an, wenn irgendwo ein Mensch einen Zaun aufschlägt und die Erde umgräbt und zu pflanzen anfängt, Blumen und allerhand Kraut und vielleicht sogar einen Apfelbaum in der Mitte. Ach, sein eigener Garten wurde ihm bald verleidet, aber die Gärtner der Adamskinder läßt er gesegnet sein.

I, 625

Ich, wenn ich ein Sinnbild echten Heldentums zu suchen hätte, ich würde die Vogelmiere statt des Kaisers Napoleon wählen.

II, 574

Im Kindesalter durchwandert jede Menschenseele ein ungewisses Zwischenreich ihres Daseins, bis das Bewußtsein sich gleichsam einwärts wendet und plötzlich seiner selbst gewahr wird. Aber es ist möglich, daß in mir das Geisteslicht nie hell genug strahlte, um alle Winkel meiner Seele auszuleuchten. Deshalb wohnt auch mein Verstand nicht eben behaglich in seinem Gehäuse, wie bei anderen Leuten, sondern sozusagen auf einem dämmerigen Dachboden unter allerhand Gerümpel aus entlegener Zeit, ihm selber zuweilen ein bißchen unheimlich, ich kann es nicht leugnen.

II, 311

Vielleicht ist diese zwiesinnige Kinderwelt im Grunde gar nicht weniger wirklich als unsere, nur eben eine andere Wirklichkeit? Vielleicht ist die Seele anfangs noch näher dem dunklen Urgrund alles Wissens oder es klingt uns in dieser ersten Zeit des Daseins noch das Wort des Schöpfers im Ohre nach, mit dem er uns ins Leben rief, sodaß noch eine Spur der göttlichen Kunst aus dem Kinde wirkt, der Gabe des Verwandelns, Beseelens. Später verliert sich das bei den meisten Menschen nach und nach, nur einige gibt es, die sich diese Gabe zeitlebens bewahren. Nicht, daß solche Leute absonderlich wären, aber man erkennt sie an der unwandelbaren Heiterkeit ihres Gemütes und daran, daß sie immer etwas einwärts gekehrtes, gleichsam Horchendes an sich haben.

N, 116

Ich weiß mich keines Ereignisses aus der Kindheit zu entsinnen, daß mir nicht sogleich und vor allem einfiele, wie hungrig ich war. Um mich meinem Laster ungestört hingeben zu können, schleppte ich einen Gemüsekorb in den Wipfel einer hohen Fichte, Holzwolle und einen Bettvorleger als Dach darüber. In diesem behaglichen Nest sammelte ich wie ein Eichhörnchen alles, was mir der mühsame Werktag einbrachte. Nach Feierabend aber stieg ich hinauf und genoß die Früchte meines Fleißes, vom Wind geschaukelt und von Krähen umflattert, glückselig kauend und schlingend, Rosinen und Zuckerbrezen und hinterher noch einen Wecken

Brot, denn das andere war doch nur Näscherei gewesen.
Viel Muße durfte ich mir ja nicht gönnen, weil ich sonst fürchten mußte, das Abendessen zu versäumen.

II, 302

Ich helfe mir noch heute mit Einsichten, die ich schon auf Kindesbeinen erwarb, und ebensooft entdecke ich alte Irrtümer, die mich längst um mein ganzes Ansehen hätten bringen müssen, wenn ich es nicht mit Hilfe meiner eingeborenen Verschlagenheit immer wieder so einzurichten wüßte, daß mich die Leute für schwierig halten, wo ich nur unsicher bin, oder für hintergründig und verschlossen, während ich in Wahrheit nur schweige, weil ich durchaus nichts zu sagen weiß.

II, 322

Irgend einmal erhält die kindliche Einfalt und Einfachheit der Weltbetrachtung den vernichtenden Stoß, und von da ab findet man sich nie wieder im Ganzen zurecht. Man ist wie ein zertrümmerter Spiegel, aus den Scherben kläglich wieder zusammengeflickt.

A, 15

Ich habe Kinder gern um mich, Mütter mit Kindern weniger gern. Denn sie besitzen die unheimliche

Gabe, selbst das holdeste Wesen augenblicklich in eine Ausgeburt von Bosheit zu verwandeln.

II, 241

Vor Kindern werde ich leicht ängstlich und unsicher, sie kennen die Regeln unseres Lügenspiels noch nicht, und ihre Einfalt lüftet unbesorgt jeden Schleier und jede Maske. Was aber bin ich ohne Maske? Für die menschenfreundliche Kunst des Täuschens braucht man Erfahrung, weiter nichts, nicht einmal ein gutes Gedächtnis, denn eine Lüge, die man sich merken müßte, wäre eine schlechte Lüge.

II, 500

Es wird Abend, die Sonne sinkt in einen Schleier aus lichtem Gewölk. Das ist jetzt ihre Brautzeit, sagen die Leute, die Sonne zieht ein frisches Hemd an. Vom Tal herauf kommen die Krähen, die sammeln sich über der Wiese und fallen ins Holz, eine große düstere Schar.
Krähen sind wunderliche Vögel, sie haben etwas Ungewisses, Drohendes in ihrer ganzen Art. Zigeuner sind sie, ein geheimer Orden von kleinen Dieben und Herumtreibern, und sie leben auch für sich nach dunklen Bräuchen, putzen sich und spreizen die Flügel und rufen einander zu, und der Ahorn sieht wie verwunschen aus, als trüge er plötzlich eine schwarze Last von höllischen Früchten in seiner Krone.
Plötzlich aber kreischt eine von den Krähen laut auf, und die ganze Schar erhebt sich wieder mit klatschenden Schwingen. Ich weiß, was das bedeutet. Ich habe den Falken am Himmel längst gesehen, es ist ein ganz kleiner Falk mit lichtem Gefieder, und die Krähen sind ihm bitterfeind. Sie kreisen ihn ein, andere kommen von den Wäldern her dazu, aber der Falk fliegt schneller als die Krähen, sein heller Bauch zuckt wie ein Funke in der schwarzen Wolke auf und nieder. Er wendet, läßt sich fallen und steigt wieder ohne einen Flügelschlag, manchmal stößt er auch blitzschnell zu, und dann wirbelt eine von den Krähen schreiend in die Tiefe.
Oh, das ist ein schönes, ein ritterliches Spiel am Abendhimmel, mir klopft das Blut heiß in der Kehle.

II, 120

Ich habe immer schon meine Freude am Betrachten des Gewöhnlichen und Unscheinbaren gehabt. Wenn ich unterwegs war und einmal rasten wollte, so fand ich selbst noch um einen nackten Meilenstein sogleich eine Gesellschaft liebenswerter und einfältiger Geschöpfe versammelt ...

Ich weiß, die Freunde werden kommen, werden meine Sandgrube betrachten, den Froschtümpel und die zugewachsene Stiege, und wenn ich dann verstockt bin und ihrem Kopfschütteln mit meinem Trotz begegne, werden sie sagen, sie hätten ja immer geahnt, daß es einmal so enden würde. Das könne nicht anders sein bei einem Menschen, der hartnäckig seine eigene Weise singen und sich im Beschränkten genügen wolle. Habe ich jemals von etwas anderem als von Gräsern und Käfern zu erzählen gewußt, von den Wiesen und Äckern im nächsten Umkreis oder von Tagelöhnern und kleinen Kindern? Und der Welt habe ich weisgemacht, was wunder daran sei, als ob die Leute noch gar nicht wüßten, daß das Gras ohne Nachdenken wächst und ein Tagelöhner eben auch seine Flausen im Kopf hat.

Aber die Zeit? Der Geist unseres Geschlechtes? Unsere gewaltigen Errungenschaften? Darauf wußte ich mir nie einen Vers zu machen.

Laßt es gut sein, das alles verfängt nicht bei mir. Meine Gräser stehen freilich seit Urväterzeiten gleich auf dem Halm, sie haben inzwischen nichts dazugelernt. Allein, denkt ihr denn, es hätte sich das Menschenwesen so sehr verändert?

II, 175

Grob gesagt, ich lebe überhaupt weit lieber mit Dingen als mit Menschen. Jedes ist ein Wunder für mich, denn jedes ist nur reine Gestalt, weiter nichts. Der Sinn seines Daseins ist, ganz einfach dazusein. Freilich kann auch ein Ding sozusagen in Sünden fallen, aber daran ist immer nur der Zweck schuld, den wir ihm aufbürden. Das ist es ja auch, was unser eigenes Tun verdirbt, denn schuldlos kann nur das Zwecklose sein.

II, 478

Sünde! Ach, der Haß ist sündhaft, die Härte des Herzens, sogar die Lust am Leben, wenn man es streng nimmt. Es ist schon so, aus dem Boden, der den Schwamm ernährt, kommen auch die Würmer, die ihn verderben.

I, 403

Jawohl, er meint, die Wahrheit zu kennen, wir alle meinen das, und haben doch höchstens die Fähigkeit, gleichmäßig zu irren. Am schlimmsten aber ist es, daß wir nicht imstande sind, allein zu irren, daß wir nicht schweigen können. Kein Baum belehrt den anderen, so zu wachsen, wie er wächst. Aber wir sind lauter Propheten ...

II, 33

Das wahre Talent ist wie die Sonne im Frühjahr. So sehr es auch wintert und stürmt, ihre Kraft wächst im Verborgenen doch stetig fort, und so oft sie durchbricht, überrascht ihre unmerklich gewonnene Fülle.

A, 19

Ich bin leicht zu begeistern, aber nur selten imponiert mir etwas.

S

Nicht durch Verstehen lösen sich die Rätsel dieser Welt, sondern durch fühlendes Begreifen.

II, 609

Alle echten Dinge sind schlicht und leise, im Kleinen wie im Großen. Laut sind nur die großen Worte.

II, 599

Die Wahrheit ist uns himmelweit entrückt. Wer unbekümmert auf dem Boden bleibt, ist der Sonne nicht ferner als der, der auf die höchste Leiter klettert.

A, 20

Alles wird still, wenn der Nachtwind umgeht, alles ruht aus. Eine Weile später kommt der Mond herauf, und dann ist nichts Arges mehr unterwegs. Die Tiere auf der Weide tun sich nieder, und die Menschen schlafen auch, die Dorfleute in ihren Kammern. Der letzte löscht sein Sorgenlicht mit den Fingern aus und löst den Gürtel und streckt sich hin, eine Zeitlang schaut er noch durch das Fenster in den besternten Himmel und überdenkt seinen Tag, bis ihn ein Traum überkommt.
Das ist gut für einen müden Mann, wenn er zuletzt noch den Himmel und die Sterne betrachten kann, ein geheimnisvoller Trost, nachdem er sein eigenes Licht ausgelöscht hat. Denn obgleich sich dieser Himmel um den ganzen Erdkreis rundet, ist er dennoch ein besonderer, wo immer ein Mensch zu ihm aufschaut, Gottes hohle Hand über unserer Trübsal. Die Weisen sagen ja, und es könnte wahr sein, daß alles, was auf Erden geschieht, in Zeichen an den Himmel geschrieben sei, nicht, damit wir diese Schrift lesen und deuten, sondern weil alles von gleicher Art ist, Geringes und Großes, und wir inmitten. Aber laßt die Weisen, die Prediger und die Gerechten auf der Säule! Vielleicht hat Gott sein Geheimnis gar nicht ihnen anvertraut, nicht dem Hirn der Männer, sondern dem Schoß der Mütter.

I, 590

Jemand, ich glaube Lord Byron, hat einmal gesagt, für ihn seien hohe Berge ein Gefühl. Das scheint mir ein guter Ausdruck zu sein, ein genauer sogar.

Denn nicht, was ein Mensch weiß und wirkt, macht sein wahres Wesen aus im Zusammenhang mit anderen Wesen, sondern was er fühlt. Das allein hebt ihn in Gottes Nähe empor.

II, 582

Und ich weiß von keiner anderen Möglichkeit, wahrhaft glücklich zu sein, ganz unbedrängt und sorglos, ich, der Mensch, dem sonst alles feind ist – von keiner Möglichkeit, wie dieser: einfach irgendwo zu liegen, zu horchen und zu schauen, auf der Halde unter hochstämmigen Lärchen, im Gras an einem sauberen Bach oder im Schatten eines Zaunes. Dort am liebsten, ein wenig über die Felder erhöht, mit dem Rücken an das warme Holz gelehnt, vor mir ausgebreitet das vertraute Bild des Tales, der vielen Höfe unter den Almen. Aber es wäre gar nicht gut, allzuweit hinauszuschauen, und darum schöben sich die Berge abwehrend dazwischen, die sanft geschwungenen Rücken der waldigen Hügel, damit sich mein unsteter Sinn nicht wieder in die fremde Ferne verlöre.

II, 532

Es ist wahr, daß man sich umsehen muß, in der Welt, unter den Menschen, im tätigen Leben kurzum. Aber wenn einem der scharfe Wind um die Nase weht, soll man nicht meinen, es käme darauf an, selber Wind zu machen.

II, 266

Einmal war unser Vaterland so groß, daß die Sonne darin nicht unterging. Jetzt hat sie kaum noch die Möglichkeit aufzugehen. Aber was macht es aus? Ist Größe etwa eine Frage der Dimension?

II, 546

Jeder Sieg des Guten in uns ist wertlos ohne die Erkenntnis, wie wenig zu einer Niederlage gefehlt hätte.

A, 14

Wie oft wird das Gute durch die verwerfliche Art, es öffentlich zu machen, wieder entwertet.

A, 9

Es wird zuviel Aufhebens vom Guten gemacht, darum ist alles Gute eitel.

A, 6

Wir würden uns ja gerne zum Guten bekehren, wenn nicht der Nachbar seinen Vorteil dabei hätte.

A, 4

Dies ist freilich auch wahr: ein vollkommen guter Mensch wäre für nichts zu gebrauchen.

A, 10

3

Der Bauer ist ewig wie die Erde selbst, denn er lebt durch sein Geschlecht. Er kommt nicht von ungefähr in die Welt, von irgendwoher, sondern, wenn das neugeborene Kind in der Wiege liegt, dann blüht draußen schon der Weizen, dann wachsen die jungen Fichten im Wald mit ihm auf, und wenn der alte Jakob stirbt, so hat er vorher noch das Korn gesät, hat den Wald aufgeforstet, und er hat dem jungen Jakob alles gesagt, was er selbst weiß und was zu wissen nötig ist. Der Sohn drückt die Pflugschar auf die gleiche Art und mit der gleichen Kraft in die Erde wie er. Das Leben des Bauern ist ruhmlos, nichts bleibt von ihm zurück als sein Name und sein schweres Blut.

I, 239

Allein, wie es auch zugehen mag, der Korb in der Leutestube bleibt trotzdem nicht leer. Denn es ist das unsterbliche Geschlecht der Magdkinder, das hier fortwuchert, die große Sippe der Heimatlosen, die ewige Bruderschaft der Verachteten und Verleugneten. Dunkel ist ihr Herkommen, dunkel ist auch ihr Tod, sie vergehen einfach und sind nie gewesen, die Trittspur ihres Daseins erlischt hinter ihnen. Ein wenig später vermodert auch das Kreuz auf dem Grabhügel, und dann ist ihr Andenken, ihr Name verschollen für immer, wenn nicht Gott ihn aufgezeichnet hat. In der Armut werden sie geboren, die Schande steht ihnen Gevatter, und schon das Stroh, auf dem die Mutter blutet, ist ein Almosen. Die Mutter ist ja selbst nur eine Viehmagd, für die Arbeit gedungen, nicht für die Liebe. Sie wikkelt das Kind in geschenktes Linnen und überwindet ihre Schwäche und trägt es in das Dorf zu den Schwestern. Ein paarmal fragt sie beim Kirchgang nach ihm, aber dann ist es schon eines unter vielen, ein fremdes Wesen. Und zuletzt kommt die Magd gar nicht mehr. Sie sucht sich einen anderen Platz für den Winter, oder sie geht in die Stadt und wird Kellnerin, Stubenmädchen in einem Hotel. Den Vater kennt niemand, er ist irgendein Mensch, ein Jäger, ein Wanderbursch, der einmal in den Mainächten unterwegs war und ein Fester offen fand, dieses oder ein anderes Fenster.

I, 425

Nichts ist gefährlicher, als die Ahnungslosigkeit eines unverdorbenen Herzens.

A, 12

Man erlebt schwere Enttäuschungen, wenn man die Fehler der Geliebten zu entdecken anfängt, aber noch schwerere, wenn man sie ihr endlich abgewöhnt hat. Denn man findet dann zumeist, daß diese Fehler gerade das Beste, Anziehendste und Liebenswürdigste an ihr waren.

A, 28

Ihr müßt eure Verliebtheit in Liebe umschmelzen und aus der Liebe müßt ihr Güte werden lassen, durch Einsicht und Geduld.

B, 52

Liebe schlägt so leicht in Verachtung um, weil der Enttäuschte glaubt, der andere Teil habe die Fehler erst angenommen, die der Verliebte bloß übersehen hat.

A, 28

Wer ein Frauenzimmer für eine Sache gewinnen oder von ihr abbringen will, versuche nicht, zu beweisen, sondern zu gefallen.

A, 27

In der Liebe liegt ein wachsendes Maß tragischer Schuld. Wer geliebt wird, hat die Pflicht, ewig zu leben.

A, 29

Man liebt nicht, was den Grund des Daseins ausmacht.

I, 281

Und trotz allem: Es ist besser, du gehst an deiner Liebe zugrund, als, es wäre keine Liebe in der Welt.

A, 32

Du siehst den Tag verdämmern, ohne Unruhe, ohne Sorge. Du hast ihn aus Gottes Hand empfangen wie einen Werkstein, hast ihn nach deinem Verstand behauen und geformt und in den Bau deines Lebens gefügt, und morgen wirst du es wieder so tun. Es fällt dir nicht ein, Gottes Bausteine etwa zu messen und zu wägen, du zerschlägst sie nicht in Splitter, um zu sehen, wie sie innerwärts beschaffen sind. Ein so großer und gelehrter Baumeister bist du gar nicht, nur ein Handlanger.
Aber vielleicht wird Gott dereinst deine Seele vor ein prächtiges Bauwerk führen. Herr, wirst du sagen, das ist zu kostbar für meine arme Seele, so ein schönes Haus! Du betrachtest das Gebäude genauer, und plötzlich ist dir jeder Stein vertraut und bekannt. Tag für Tag deines Lebens hast du daran gebaut, zuweilen mißriet dir wohl auch ein Block, du warst ungeduldig in deiner Jugend, verzagt im Alter, aber im ganzen sieht es sich stattlich an, du hast eine prächtige Wohnung für die Ewigkeit.

I, 485

Man hat Augenblicke voll ekstatischer Hingabe an den Nächsten, aber der ist zur selben Minute kalt, verständnislos und abweisend und so reißen allmählich bedenkliche Sprünge in die Seele ein, wie in unvorsichtig abgekühltes Glas.

A, 8

Versuche es, mit der Geliebten einen Nachmittag schweigsam zu verbringen. Hält sie das nicht aus, dann taugt sie auch nicht für die Ehe. Du wärest dein Leben lang damit beschäftigt, das ihre auszufüllen. Denn nur wer selbst etwas besitzt, kann ertragen, daß auch andere etwas besitzen.

A, 30

Liebe großen Stils vergibt man nicht wie Krämerware: was der eine erhält, bleibt dem andern versagt. Sondern sie ist wie Sonne und Licht, wie viele auch davon überflutet werden, jeder hat sie doch ganz und ungeteilt.

A, 30

Man tut nicht wohl damit, Dinge, die man liebt, frei um sich zu halten. Sie rächen sich furchtbar für jeden achtlosen Blick, für jedes zerstreute Beiseiteschieben: Sie werden langweilig.

A, 18

Man hält sich schon für gerecht, wenn man denen leicht verzeiht, die man liebt. Der Haß verzeiht leichter als die Liebe.

S

Mißtrauen reißt Abgründe auf, die vielleicht überbrückt, aber nie wieder zugeworfen werden können.

A, 26

Liebe und Haß verketten gleich furchtbar.

S

Die unerprobte Tugend ist die unduldsamste.

A, 2

Moral ist geheiligter Neid.

S

Ein jeder tritt an nach seiner Bestimmung, hinterwärts verborgen steht der Engel, der das gewaltige Spiel für den Meister lenkt und jedem eingibt, was ihm vorgeschrieben ist, bis der Tod ans Erz schlägt und ihn abgehen heißt. Dann muß er seine Verkleidung abstreifen, in dem Stück war er vielleicht ein König, war ein Knecht oder er hatte einen Heiligen darzustellen, einen Heuchler, und nun ist er das alles nicht mehr, sondern ein nackter Mensch, ein unseliges Wesen, dem alles feind ist, was Gott schuf. Solange einer auf der Bühne stehen und seine Rolle hersagen darf, ist es noch gut. Es braucht gar keine großartige Rolle zu sein, nur die des braven Frächters oder des Wanderburschen, den das Glück zum Liebhaber machte. Aber manchmal geschieht es, daß der Mensch auch mitten im Spiel beiseite treten muß, weil er sein Stichwort versäumt hat oder weil es der Meister so will. Er trägt seine Maske noch und sieht die andern weiterspielen und mit einemmal besinnt er sich darauf, daß alles nur Trug war, das ganze Treiben, nur Schein, wenn er selbst meinte, fröhlich oder traurig zu sein. Das widerfährt uns allen einmal, in solchen Augenblicken sind wir gottverlassen allein und ausgestoßen in unserem Narrengewand, und ein Kummer fällt uns an, für den wir keine Gebärde haben, schwarze Verzweiflung, die nicht von dieser Welt ist. Wir sterben viele Tode, solange wir leben, der letzte ist nicht der bitterste!

I, 643

Besser zu früh ein Mann, als zu früh ein Greis.

A, 5

Es ist durchaus nicht immer klug, von zwei Übeln das kleinere zu wählen.

A, 14

Alle Klugheit und Berechnung wird an der Eigenart und Einmaligkeit jedes Geschehnisses zuschanden.

A, 15

Leute, die keine Dummheit machen, sind in der Regel zu dumm dazu.

A, 10

Das Schicksal heilt Rippenstöße mit Beinbrüchen.

A, 15

Nach den Sternen schaue unbesorgt, aber achte auf den Rinnstein.

S

Einen, der kommt, deinen Rat einzuholen, laß vor allem sich aussprechen. In den allermeisten Fällen handelt es sich um gar nichts anderes.

A, 7

Ratgeben, mein Freund, ist ein wenig lohnendes Geschäft. Gerät die Sache schlecht, so schreibt der Beratene das dir, und gerät sie gut, sich selber zu.

A, 8

Freunde hat man ja in der Regel nicht, wenn man sie braucht, sondern wenn man gebraucht wird.

II, 691

II

SOMMER

4

Der Sommer reift heran, die drangvolle Zeit. Nur noch ein paar Tage, ein verläßliches Zeichen für gutes Wetter, und man wird mit der Heumahd beginnen. Die Gärten füllen sich mit dem üppigen Blattfleisch des Gemüses, mit blaugeadertem Kohl und gekräuseltem Salat, auf hohen Stecken flattern die bunten Ranken der Bohnen im Wind. Es quillt aus den Fenstern von heiteren Farben, Fuchsien blühen, brennrote Nelken an langen Stielen. Solche Nelken tragen die Burschen am Hut und die Mädchen am Mieder, und sie sind alle gleich rot, solang die Liebe im Dorf umgeht, man weiß nicht, von welchem Fenster sie stammen. Auch die Schwalben sind wieder da, sie nisten im Flur und sind den ganzen Tag unterwegs mit ihrer Behendigkeit und ihrem zutraulichen Geschwätz.

I, 460

Wenn irgendwo ein Vogel auf dem Zaun sitzt, um seine Federn zu putzen, und es kommt ein Sommergast des Wegs, dann schweigt der Vogel und wartet mit seinem Geschäft, bis der Fremde vorbeigegangen ist. Aber der kann nicht schweigen, der muß mit dem Finger auf den Vogel zeigen und einen Schrei ausstoßen: Seht her, ein Kuckuck! Und dann fliegt der Vogel davon und kommt lange nicht mehr. Natürlich, weil ihn das ärgert, er ist gar kein Kuckuck, sondern ein Häher.

II, 151

Auch der Weizen schlägt nicht immer richtig an, man muß Geduld haben und das rechte Jahr abwarten. Geduld ist besser als Liebe.

I, 242

Meine Pläne flogen hoch hinaus, in mir brannte das Verlangen, ein anderer zu sein als der, der ich war. Ich wußte damals nicht, wie vermessen dieser Wunsch ist, und wie tief sich Gottes Güte darin bewährt, daß sie ihn nie erfüllt. Auch die andere Erfahrung fehlte mir noch: daß man das Schicksal nicht mit Vorschlägen verärgern darf, weil es zu viel Wert auf seine eigenen Einfälle legt.

II, 593

Was man sich zutraut, muß man tun, nicht nur, was man kann.

S

Es ist keine Kunst, eine Sache dort durchzusetzen, wo sie hingehört. Einmal hörte ich Ringelnatz, in einer obskuren Kneipe irgendwo, er saß an einem Tisch und niemand beachtete ihn. Plötzlich fing er an, vor sich hinzureden, gar nicht laut, es waren

Verse, nicht einmal sehr witzige und trotzdem sprach er nach einigen Minuten allein und war der einzige Mensch unter Leuten. Damals begriff ich, selber noch jung, welch eine Gewalt das Wort hat, unberührbar von Zeit und Ort.

Br, 122

Die Dichtung allein erhebt die Sprache aus dem Bereich profanen Gebrauches zum künstlerischen Maßstab, sie entsteht ja erst aus der Synthese von Stoff und Form. Jede andere Kunstart findet die Mittel zur Gestaltung von Ewigkeit her unberührt und unentweiht vor. Aber die Wörter und Wendungen, aus denen das Abendlied von Claudius gefügt wurde, sind alltäglich in jeder Bierstube zu hören.

N, 153

Das Eigentümliche des Ausdrucks, das, was gemeinhin unter persönlichem Stil verstanden wird, findet man nicht, solang man danach sucht, und hat man es, so behält man es nur im eigenen, ständigen Wandel, oder es wird zur Manier.

II, 698

Alle Dichtung ist zeitlos, weil das Wesen der Dinge zeitlos ist. Natürlich kann ein Ereignis der Gegenwart ebensogut wie ein historisches Gegenstand der Dichtung sein, niemals aber das Geschehnis selbst Gegenstand der Dichtung, es ist ihr immer nur Anlaß, Symbol.

B, 55

Dichtung ist wie jedes Kunstwerk dem lebenden Organismus ähnlich. Das einzelne Wort trägt den Formwillen des Ganzen in sich, so wie jede Zelle um den Plan des Ganzen weiß.

S

Es liegt eine wunderbare Stille über dem Feld, die Stille des reifen Tages, aber dennoch hundertfältig tönend. Der Himmel ist eine klingende Schale, mein Blut rauscht, und mein Atem bewegt die Halme vor mir, dünne Stiele mit nickenden Blüten. Ich betrachte genau diesen handbreiten Fleck Boden vor meinen Augen und zuletzt ist auch er eine große Welt, weitläufig und mühselig und schwer zu begreifen. Ich sehe eine Fliege aus dem Moos kriechen, es ist ein ganz winziges Tier, langsam klettert es an einem Blatt hinauf, bis es den Sonnenschein erreicht. Und nun sitzt es da im warmen Licht, es breitet zitternde Fühler aus und Flügel, die in allen Farben schillern wie öliges Glas. Diese Stunde ist der Gipfel seines Daseins, gestern kam es zur Welt, morgen lebt es vielleicht nicht mehr, so kurz währt sein Leben. Aber es ist trotzdem eine vollkommene Fliege, mit Herz und Nieren sozusagen.

II, 136

Der Sinn der Welt, dachte ich, liegt in ihrer Vielfalt, also komme es darauf an, hinterher zu sein und sich umzutun, versäumt sei auch schon verloren. Das meine ich nicht mehr. So viel habe ich doch erfahren, daß alles hintergründig ist und daß man vergeblich das Ganze zu gewinnen sucht, wenn man es nicht schon in seinem geringsten Teil begreift. Die beste Kraft kommt aus den Wurzeln. Und die Wahrheit ist im Nächsten wie im Fernsten zu finden, aber überall gleich mühevoll.

II, 143

Auch das mag im Bereich des Menschlichen zu verstehen sein: daß wer nach oben kriechen will, nach unten treten muß. Allein, ich bin kein Byzantiner, sondern ein Salzburger, ich habe überhaupt kein Verständnis für Akrobatik.

Br, 82

Vielleicht kommt es nur darauf an, ein paar einfache Worte zu finden, ein wenig Güte genügt, ein Lächeln.

I, 352

Geist braucht man für das Leben, Verstand für die Arbeit.

S

Es ist ja leider so, daß man schon sehr viel können muß, um auch nur einzusehen, wie wenig man kann.

II, 561

Ein Kunstwerk entsteht zwar, indem es gemacht wird, aber es ist erst vorhanden, wenn es wirkt, also ist es in der letzten Konsequenz ein seelischer Vorgang, und wer anderes von ihm erwartet, überfordert es, etwa durch den Versuch, ein Ding von seiner Erscheinung zu trennen und eins oder das andere für sich darzustellen.

II, 689

Sowenig ein Arzt heilen kann, der selber mitleidet, sowenig vermöchte ein Künstler zu trösten, der für sich Trost suchte. Und trösten wollen wir doch, wofür sonst sollte es Kunst geben?

II, 667

Immer ist an einer Leistung das ehrwürdig, was daran fehlt.

II, 588

Vielleicht verhält es sich mit der Kunst wie mit der Sonne. Die Sonne scheint nicht, damit die Blumen blühen, aber die Blumen blühen, weil die Sonne scheint.

II, 689

Ja, denn es ist hoher Sommer, die müßige Zeit zwischen Heumahd und Kornschnitt. Eine trockene Hitze flimmert über den Feldern, abends steigen Gewitter aus dem grauen Dunst, aber sie entladen sich nicht, wie schwerer Rauch eines ungeheuren Brandes ziehen die Wolken vorüber. Die Bäume schütteln durstig ihr Laub im spärlichen Wind, gelb flackert Feuerschein über den Himmel, und dann ist die Stille wieder da, es kommt kein Regen, nur ein paar Tropfen schlagen in den Staub.
Schwül ist auch die Nacht, man liegt auf dem Strohsack in der Kammer und kann nicht schlafen – ein junger Mensch, der spürt sein Blut in so einer Nacht. Irgendwo stehen Pferde beisammen auf der Weide und stampfen und schnauben in der Dunkelheit. Vor dem Fenster sprudelt der Brunnen, der Mann könnte hinausgehen und wenigstens seinen Arm ins Wasser tauchen, vielleicht hülfe das.

I, 504

Eigentlich warst du ein recht unnützer Mensch, du hast nichts in Bücher geschrieben und nichts aus Büchern gelernt, niemals bist du in fremde Länder gereist, um zu erfahren, wie dick das Eis auf dem Nordpol ist, das war dir einerlei. Andere hatten ihre Sorgen damit, wie sie noch höher in die Luft, noch schneller über Land kämen, es war ja eine Schande, wenn man erst nach vielen Stunden erfahren konnte, daß irgendwo in Amerika der Blitz eingeschlagen hatte. Wie denn? fragtest du, halfen sie denn dem Farmer, weil ihm sein Haus niedergebrannt war? Nein, sie wollten es nur wissen. Du nicht, mit deinem Werktagsgehirn.

I, 485

Die Jugend höre ich, kenne Begriffe wie Idealismus oder Selbstlosigkeit nicht mehr, wir Alten hätten dergleichen zu gründlich zertrümmert. Ich glaube das nicht, denn ich selbst wäre längst verhungert, wenn diese Jugend nicht meine Bücher läse, und dazu ist doch wahrhaftig Idealismus nötig. Nein, die jungen Leute würden es uns danken, wenn wir gelegentlich den Mut hätten, etwas nicht zu wagen, was die Unerfahrenheit für ein Wagnis hält. Groß ist nicht, was der Gegenwart groß erscheint, sondern was bewahrenswert ist. Muß man immer wieder sagen, daß wir Größe mit Dimension verwechseln? Wo sind die Zeugnisse, die wir der Ehrfurcht unserer Nachfahren überliefern können, etwa in der Architektur, die ja wohl unumstritten Mutter aller Künste ist? Für das, was wir hinterlassen, fürchte ich, werden künftige Geschlechter keine Kunsthistoriker brauchen, sondern nur Leute, die Bagger und Planierraupen zu führen verstehen.

N, 88

Wenn das Wort am Anfang war, dann muß es wohl das gesprochene und gehörte, das im Geist bewahrte und im Herzen bewegte gewesen sein. Sogar die Götter waren ja von jeher Analphabeten, sie redeten gern und hörten zuweilen. Der hymni-

sche Wortgesang der Priester drang in ihr Ohr, auch das Gestammel der geplagten Erdenkinder. Es mag in alten Zeiten wie heutzutage viele Dichter gegeben haben, aber nur das Werk der Größten war kraftvoll genug, sich im Gedächtnis vieler Generationen zu bewahren.
Die Möglichkeit, akustische Phänomene durch das visuelle Medium der Schrift zu konservieren, ist wohl eher von den Krämern als von den Poeten entdeckt worden.

II, 694

Ein Diktator versteht nichts von Kunst, natürlich, sonst wäre er keiner.

II, 530

Intelligenz ist nicht die einzige, die rangbestimmende menschliche Qualität, das haben wir vergessen. Die Menschheit ist freilich ungeheuer reich an Kenntnissen, aber um zu leben, braucht man nur ein paar einfache Wahrheiten. Schon jetzt ist niemand mehr imstande, das Wissen der Welt in einer fruchtbaren Einheit zusammenzufassen.
Ich weiß auch, daß Entwicklungsvorgänge nicht umkehrbar sind. Der berühmte Weg zurück zur Natur wäre wieder nur ein Irrweg. Aber vielleicht führt die Zukunft uns über das Wissen zur Einsicht. Vielleicht werden wir einfacher denken und endlich begreifen, daß Güte nötiger ist als Weisheit.

B, 55

Nichts ist für mich langweiliger als das Interessante.

S

Alle wirklich wichtigen Dinge sind von einer ergreifenden, erlösenden Einfachheit. Die Weisen wissen das. Und es war schon immer ein untrügliches Merkmal der Dummheit, daß sie nur der Komplizierte begreift. Der Einfache versteht sie nicht.

II, 531

Es gibt keine programmatische nationale Dichtung. Anders ausgedrückt, jede echte Dichtung ist ihrem Wesen nach national, so eben, wie ein Geschäft ehrlich sein soll. Aber das Nationale kann nicht an sich Gegenstand der Dichtung sein, sowenig, wie die Ehrlichkeit selbst Gegenstand eines Geschäfts. Das Nationale ist also eine strukturelle, nicht eine funktionelle Eigenschaft der Kunst.

Br, 57

Der Weg zum Erfolg ist der Weg zum Philister.

A, 4

5

Gott feiert seine Feste mit den Menschen, das Jahr des Herrn ist auch das Jahr des Bauern. Zur Sommerzeit geht er mit ihnen über Land, er segnet das Brautbett, das Kind in der Wiege und nimmt die Toten zu sich auf. Der Herr war selbst arm, als er auf Erden ging, wie sollte er nicht wissen, was die Armen drückt? Im Stall wurde er geboren, zeitlebens hatte er keinen Stein, um das Haupt darauf zu legen, und als er in die Stadt zog und starb, verbarg er seine Herrlichkeit in einer Scheibe weißen Brotes. Indessen hat sich freilich vieles in der Welt geändert, das Wort des Herrn ist nicht bei Fischern und Bauern geblieben, einfältig und schlicht, wie es anfangs war. Städte wurden aufgebaut und erstickten wieder im Schutt, glänzende Reiche wurden gegründet, auch sie vergingen, Kaiser und Könige. Aber wenn der Herr wiederkäme, so fände er immer noch einen warmen Wiesengrund für die Nacht, eine Quelle unter Büschen, wenn ihn dürstete, oder einen vertrauten Baum auf dem Hügel, in dessen Schatten er sitzen und die Menschen seligsprechen könnte. Wiese und Quelle, Strauch und Hügel, das alles wäre wie vordem geblieben. Er fände auch dieselben Menschen wieder, Bauern und Fischer, die ihn zuerst erkannten, auch sie hätten noch immer ihren bedächtigen Schritt, die gleiche Einfalt hinter ihren furchigen Stirnen, und darum wären sie ihm lieb.

I, 420

Freilich, diese paar Joch Boden tragen nicht viel, es bedeutet nichts für die Welt, ob hier Roggenland oder Brachland liegt, für die Menschheit ist das nicht wichtig. Aber die Menschheit, das sind doch einzelne Menschen? Lebt nicht am Ende jeder von so einem Stück Erde? Gibt es nicht auch für dich einen Flecken Land irgendwo in Kanada oder in Rußland, den du nie gesehen hast und auf dem doch das Korn wächst für dein Brot? Wenn der Bauer seinen Acker verläßt, so verhungert er deswegen nicht, er nicht. Er wird es sich nur leichter machen. In ein paar Jahren hat er sich eingerichtet und hat sich an alles gewöhnt, an das flotte Leben in der Stadt. Er kann verschweißen oder einen Lastwagen bedienen, das lernt er bald.
Aber wieder ein anderer Mensch verhungert, irgendein Mensch in der Ferne, er weiß nicht warum, und verflucht sein Schicksal. Sein Schicksal kommt aus dem Stück Ödland, das jener Mensch, der Kesselnieter, verlassen hat. Dort ist eine Bresche gerissen worden, durch die strömt unaufhaltsam Not. Und es ist eine Quelle versiegt, eine von den geheimnisvollen Quellen des Lebens.

I, 281

Vielleicht gibt es wirklich eine Kunst des Spazierengehens, vergleichbar der ebenso selten geübten Kunst, im Gespräch jemandem zuzuhören, überhaupt der Künste, die Geduld erfordern – also die Fähigkeit, sich offenzuhalten, empfangsbereit zu sein.

S

Zunächst möchte ich meine literarischen Versuche dahin einschränken, daß ich nicht ein Schriftsteller, sondern ein Sprachsteller sein möchte, das heißt, alles was ich schreibe, soll sagbar sein. Nichts an der Gottheit ist sagbar, sie ist uns nur sagbar durch das Ganze der Schöpfung. Wie aber ließe sich das Schöpfungswunder begreifbar machen, wenn man nicht dem Schöpfer sozusagen menschliche Züge unterstellte? Ich bin nicht gläubig im Sinne irgendeiner konfessionellen Form, aber ich will versuchen, alles, was ist, mit Ehrfurcht zu betrachten, auch dann, wenn ich das Betrachtete ein bißchen spaßig finde.

Br, 128

Ich hielt es nie für meine Aufgabe, Probleme der gesellschaftlich Benachteiligten aufzuspüren, sondern ich suche den Menschen dort, wo er sich bewähren muß. Mein einziges Anliegen ist die Sprache. Das Deutsche ist schwer durch die Fülle der Möglichkeiten, aber ich bin überzeugt, daß immer die einfachste Form die gültige ist.

Br, 100

Es ist so: wenn ich einen Gedanken habe, eine Erfahrung, eine Einsicht, einen Einfall also, von dem ich glaube, daß er eine Wahrheit enthält, die nicht nur für mich selber gilt, sondern für viele Menschen, dann erfinde ich dazu Geschehnisse, die auch für viele Menschen verständlich sind, die sie selbst ungefähr so erlebt haben könnten. Ich versuche, das, was ich für wahr halte, mit ganz einfachen Worten zu sagen, denn das Wahre ist immer einfach. Wenn ein Mathematiker eine Gleichung aufstellt, wird er sich nicht mit einer Lösung begnügen, die sich noch vereinfachen läßt, und auch ein Schriftsteller, glaube ich, oder gar ein Dichter sollte ebenso verfahren.

Br, 95

Nach allem, was ich erfahren hatte, fand ich keinen Grund, diese Welt als die denkbar beste darzustellen, auch nicht als die denkbar schlechteste, beides schien mir gleich trivial zu sein. Ich fühlte mich von Anfang an gedrängt, den Kräften nachzuspüren, die das Ganze im Gleichgewicht halten, offenbar von Ewigkeit her und in die Ewigkeit hinein.

II, 681

Daß ein Schriftsteller mit Worten umzugehen weiß, wie ein Maler mit Farbe, das versteht sich von selbst. Jedoch, das Künstliche ist noch nicht Kunst. Immer war es mein dringendstes Anliegen, gegenständlich zu denken, nach innen hinein genau zu sehen. Gelingt es mir, einen Gedanken gegen sein sinnliches Bild zu vertauschen, dann habe ich schon halb gewonnen. Ich versuche, dieses Bild im Kopf mit Worten abzuformen. So entsteht zunächst ein noch weitläufiges und verworrenes Gebilde aus Einzelfällen, die mitunter so schnell im Gehirn aufblitzen, daß ich kaum mit der schreibenden Hand folgen kann. Sowie ich versäume, einen Ausdruck oder eine Wendung augenblicklich festzuhalten, sind sie spurlos verschwunden, sie haften nicht im Gedächtnis.

II, 666

Es liegt eine bannende Gewalt in aller Kunst. Wir können diese magischen Kräfte wohl zuweilen wachrufen und mit ein wenig Glück auch wirken lassen, aber immer bleibt es gefährlich, sie zu handhaben. Das ist natürlich nicht so gemeint, daß man gewärtig sein müßte, wegen eines schlechten Verses vom Blitz erschlagen zu werden, sondern umgekehrt, daß ein guter Vers von unabsehbarer Wirkung ist. Wir treiben es eben doch nur wie Kinder, die Gottes Handschrift sauber nachmalen, ohne den Sinn zu verstehen.

II, 566

Allein zu sein ist der Fluch und zugleich die Gnade bei meinem Handwerk. Rilke hat das einmal in einem Brief geschrieben, weit besser als ich es sagen könnte: »... denn im Grunde, und gerade in den tiefsten und wichtigsten Dingen sind wir namenlos allein, und damit einer dem andern raten oder gar helfen kann, muß viel geschehen, muß viel gelingen, eine ganze Konstellation von Dingen muß eintreffen, damit es einmal glückt. Ich habe mich oft gefragt, ob nicht gerade die Tage, die wir gezwun-

gen sind, müßig zu sein, diejenigen sind, die wir in tiefster Tätigkeit verbringen? Ob nicht unser Handeln selbst, wenn es später kommt, nur der letzte Nachklang einer großen Bewegung ist, die in untätigen Tagen in uns geschieht? Jedenfalls ist es sehr wichtig, mit Vertrauen müßig zu sein, mit Hingabe, womöglich mit Freude.«
Ja, das ist sehr wahr und weise und aufrichtig. Diese beklemmende Empfindung kennt jeder, der sich in den Bereich der Kunst wagt: nur Werkzeug in eines Größeren Hand zu sein.

II, 566

Lieber keinen Erfolg als keinen Entschluß.

S

Es dämmert schon über der Wiese. Im Westen schwimmt die junge Sichel des Mondes auf dem Rücken, eine weiße Wiege, ein glückliches Schiff mit hohem Kiel. Die Sterne tun sich wie Augen auf, sie blinzeln eine Weile, und dann schauen sie ruhig und ernst auf das friedliche Land. Der trübe Dunst über dem Boden gerinnt in der Kühle, die Luft spinnt Fäden, weiße Bänder aus dem Nebel und knüpft sie da und dort an Halmen und Sträuchern fest. Von weither kommt noch ein Vogelruf, wehmütig und wie aus dem Traum gesungen.

Mir ist so wohl im feierlichen Frieden, ich habe einen Menschen neben mir, einen müden Mann. Sein Rücken ist ein Berg, sein Gesicht ist ein Feld, er atmet ruhig und schaut vor sich hin, und in die Hände hat er seinen Bart gelegt. Auch diese Hände betrachte ich, sie sind selbst einem Gewächs ähnlich, einer nahrhaften Wurzelfrucht aus der Erde.

Das geht mir so durch den Kopf. Zuletzt, denke ich, im ganzen genommen, bedeutet dieser Mensch in seiner Einfalt vielleicht nicht mehr als irgendein Halm auf dem Feld, der unter andern Halmen steht, der zu seiner Zeit blüht und Früchte hat und seinen Samen um sich streut, damit neue Gräser nach ihm aufstehen, wenn er selbst unter der Sense gefallen ist. Das geschieht mit dem Halm in der Stille, aber liegt der Sinn des Lebens etwa im Geräusch?

II, 122

Dem Mann unter dem Wald, dem Bergbauern helfen die kleinen Kniffe wenig, er muß einen zähen

Willen haben, nicht einen wendigen. Man kann auf vielerlei Art einen Baum fällen, er fällt aber auch, wenn man einfach beharrlich in die gleiche Kerbe schlägt, und genau besehen ist das vielleicht die beste Art, sie kostet nur Schweiß. Der erste, der den Wald rodete, der war auch nicht pfiffig, sondern hartnäckig, und so ist es durch alle Zeiten geblieben.

I, 668

Kein Dichter könnte von dem leben, was wirklich zu sagen wert ist, das wäre mit einem Atemzug getan. Sondern es ist das Überflüssige, was ihn reichlich nährt, wenn er es nur so einrichten kann, daß die Leute glauben, es liege an ihnen, so oft sie nichts verstehen, weil nichts gesagt wurde.

II, 225

Ich schreibe nur, um mir selbst zu helfen, weil ich keine andere Möglichkeit habe, meine Unruhe loszuwerden. Originell zu sein, ist nicht mein Wunsch, ich bin ein recht gewöhnlicher Mensch, das läßt sich ohnehin nicht verbergen. Ich möchte einfach von dem berichten, was ich wirklich zu wissen meine, und ich möchte das eindeutig tun, mit den einfachsten Mitteln, ohne sprachliche oder stilistische Experimente. Ich bin zufrieden, wenn ein Satz gut klingt, und wenn er nicht mehr kürzer oder verständlicher gesagt werden kann. Mehr habe ich nicht zu tun. Das Kunstwerk lebt von selbst.

II, 662

Wer sich der Arbeit mit dem Wort verschrieben hat, begibt sich in eine undurchdringliche Klausur, niemand kann ihm beistehen.

Br, 112

Nichts ist leichter, als sich schwierig auszudrücken.

II, 666

Das Tempo ist mir ja von meiner Natur vorgeschrieben, ich bin zwar faul, aber doch eigentlich ohne Pause tätig.

Br, 52

Ich habe ja wohl nie etwas neu gesagt, ausgenommen das Alte.

Br, 40

Historische Kenntnisse sind ja nie meine Stärke gewesen, ich finde, daß die wirkenden Mächte der Geschichte eigentlich recht wenig Phantasie aufgewendet haben, und deshalb beschäftigt mich nicht so sehr das, was angeblich geschehen sein soll, sondern das, was merkwürdigerweise nicht geschehen ist.

II, 269

Ich kann nichts erfinden, solange etwas Faßbares um mich ist, nichts Rührendes schildern, etwa das

Geläute der Herdenglocken, wenn ich sie wirklich höre. Das ärgert mich nur. Und darum würde keine Kuh im Dorf es wagen, mit ihrer Schelle zu läuten, während sie an meinem Fenster vorübergeht. Sie könnte es auch gar nicht, weil die Buben längst wissen, daß es sich lohnt, Kuhglocken in meiner Nähe mit Gras auszustopfen.

II, 250

Kühe sind wunderliche Geschöpfe, gutwillig, aber auch unbegreiflich dumm und schwerfällig in ihrem ganzen Wesen. Es nützt wenig, ihnen liebreich in die Ohren zu flüstern, das verstünden sie in Ewigkeit nicht. Man muß ihnen alles, Hü und Hott und was sonst im Leben nötig ist, mit einem Prügel erklären, und auch dann dauert es noch eine ganze Weile, bis die Kuh vorne bemerkt, was ihr hinten geschieht. Ein mütterliches Tier ist die Kuh, eine zärtliche Mutter für ihr Kälbchen! Immerfort leckt sie sein glänzendes Fell um und um und läßt es trinken, und dann schaut sie es wieder versunken an, mit dem ahnenden, dem schmerzlichen Blick, den alle Mütter haben. Niemals darf sie ihr Junges den Sommer über bei sich behalten, nein, jedes wird ihr genommen. Es könnte sein, daß die Kuh gar nicht so dumm und harthörig ist, daß ihr Schläge und Püffe nur schon lange nichts mehr ausmachen, weil sie an einem viel schwereren Kummer zu tragen hat, an einer tiefen Traurigkeit im Dunkel ihrer verwunschenen Seele.

I, 587

Früher glaubte ich sehr genau zwischen Einbildung und Wirklichkeit unterscheiden zu können. Was immer mein Kopf auskochte, war mit dem scharfen Gewürz des Zweifels gemischt. Aber inzwischen bin ich vorsichtiger und bescheidener geworden. Ich springe nicht mehr so sorglos über Gottes Zaun. Auch wer nichts glaubt, muß durchaus nicht alles leugnen.

S

Ein Held bin ich nur, wenn mir durchaus nichts anderes übrigbleibt, und bisher blieb mir noch immer etwas anderes übrig. Ein Gedanke, zum Beispiel wie der, daß alles Unheil eine verkehrte Perspektive hat, es erscheint groß von weitem und schrumpft zusammen in der Nähe. So kann ein Räuber zu einer mausenden Katze werden, und diese Möglichkeit genügt dann auch für einen entschlossenen Menschen, beruhigt wieder einzuschlafen.

II, 496

Ich glaube, daß alle Kunst Mitteilung ist. Aber ich möchte den Menschen, die mir zuhören, nicht Probleme anbieten, sondern Lösungen, mögen sie nun falsch oder richtig sein. Damit das glaubhaft klingt, erzähle ich etwas, und das alles ist natürlich erfunden, auch das ›Ich‹, das etwas erzählt. Was mir wirklich Mühe macht, ist die Sprache, nämlich das Bemühen, jeden Gedanken bis zur äußersten Einfachheit zu ›verdichten‹ – nichts ist leichter, als sich schwierig auszudrücken.

Br, 137

Ich bemühe mich, nur von dem zu reden, was ich wirklich weiß und mitfühle, und ich will es auch immer klar, mit den einfachsten Mitteln darstellen. Aber ich weiß mit dem modernen ›Realismus‹ nicht viel anzufangen, mir scheint, man darf nicht das bloß Richtige mit dem Wahren verwechseln.

Br, 18

Zunächst habe ich nur eine Vorstellung von dem Raum, den das Buch umschließt, eine Empfindung der Kräfte, die in ihm wirken werden, erst ganz zuletzt verdichtet sich das und nimmt Gestalt an. Ich bereite sozusagen umständlich den Acker, ein Korn wächst dann von selbst (und wohl auch das Unkraut). Ach Gott, ich rede da, als sei schon alles beschlossen und gesichert und getan, und dabei habe ich eine schweißtreibende Angst vor dieser Arbeit –, wenn es einen Heiligen dafür gäbe, so wäre mir keine Kerze zu teuer, aber im Himmel ist das Buchschreiben nicht sehr angesehen.

Br, 22

Das sokratische Wort: ›Sprich, damit ich dich sehe!‹ mag in umgekehrtem Sinn auch für mich gelten. Vor meinen Hörern bin ich nicht der Meister, sondern der Schüler, denn was ich sage, spricht nur an, wenn ich zugleich das Ganze preisgebe, das ich bin.

II, 694

Präsens, die selbstverständliche epische Form, wirkt unmittelbarer, plastischer, also im eigentlichen Sinn darstellend. Das Imperfekt legt willkürlich eine Zeit fest, aber die Zeit des dargestellten Geschehens ist gar kein wesentliches Element eines Kunstwerks, zu sagen: Es ist ... bedeutet einen schöpferischen Akt, der Ausdruck: Es war ... ist eine dürftige und unnötige Beschränkung.

N, 148

Ich weiß leider (für mich: leider) allzugut Bescheid in meinem Handwerk, bei allem, was ich so mache, ahne ich wohl, wie es sein müßte, aber ich kann nicht genug, es bleibt eben doch unzulänglich, oder anders gesagt: ich tue was ich kann, aber ich kann nicht immer was ich tue.

Br, 142

Aber ganz unfruchtbar kann der Boden, auf dem ich stand, doch nicht gewesen sein, sonst hätten wohl nicht weit über 5 Millionen meiner Bücher ihre Leser gefunden. Die deutsche Sprache fordert einem alles ab, bis zu Tränen der Verzweiflung in vielen Stunden der Prüfung.

Br, 145

6

Ich nehme es mit den besten Köchen der Welt auf, was die schwierige Kunst des Muskochens betrifft. Ein Frauenzimmer träfe es überhaupt nie, denn das ist eine Männerkost, keine Windbäckerei. Es hilft nicht, wenn dir einer sagt, nimm so viel Mehl und so viel Schmalz und Wasser und Salz, da muß viel Unwägbares dazukommen, ehe sich diese vier Urelemente des Genusses glücklich vereinigen. Du mußt es verstehen, das Mehl mit der richtigen Hitze und Schnelligkeit abzubrühen, und nebenher, gleichsam mit dem inneren Blick, mußt du das Fett in der Pfanne überwachen und den Zeitpunkt erhaschen, in dem es eben zu rauchen anfangen will. Nicht, daß es etwa schon im geringsten rauchte, das wäre um eine Ewigkeit verfehlt.
Niemals aber brächte eine Frau die Sammlung und Entschlossenheit des Geistes auf, die nunmehr nötig wird. In der Zeit von zwei Vaterunsern ist das Mus gar, oder es ist rettungslos verdorben. Während du das erste hersagst, bräunt sich der Kuchen unterwärts, beim Amen wendest du ihn blitzschnell mit einem glücklichen Ruck, und bei der siebenten Bitte ziehst du das fertige Mus vom Feuer. Funken schwelen dir auf der Haut, der würzige Rauch treibt dir die hellen Tränen aus den Augen. Aber das können auch Freudentränen sein, ein letztes Mal rührst du die krümelige Masse durch, locker und goldgelb fällt sie von der Schaufel, und ein unbeschreiblicher

Wohlgeruch steigt dir in die Nase. Mit Mühe hältst du das Wasser deiner Begierde im Munde zurück, wenn du nun gegen den Löffel bläst, um den ersten Bissen zu verkosten. Mus ist auch kein Schlemmergericht, mit dem sich einer den Bauch vollschlagen kann. Sondern es legt sich warm und füllig in den Magen, und wenn du, schweigsamer Mann, dein Teil gegessen hast, dann meinst du, für dein Lebtag satt und gegen alle Versuchungen des Gaumens gefeit zu sein.

II, 196

Das ist zum Beispiel ein Mann, Köhler könnte er sein, arm und erbärmlich unwissend in seiner Dürftigkeit. Und ein anderer Mensch ist vielleicht Arzt oder ein großer Staatsmann, der die Welt durchschaut und die Geschichte lenkt, jedenfalls steht er turmhoch über dem einfältigen Köhler. Und doch wäre es möglich, daß beide zu irgendeiner Zeit ihres Lebens den gleichen Kummer hätten, daß sie in der Stille säßen und ratlos wären und die Tränen in ihren Bart rieben. Es könnte sein, daß eine Frau der Grund wäre oder irgend etwas, das die Seele von der Tiefe her anrührt. Ein fremder Schritt in der Nacht, der Ruf eines Vogels – ach, alles Glück und alles Unglück ist in uns!

I, 338

Alle Frauen haben etwas Ahnendes im Blut.

I, 291

Die schrecklichste Waffe der Weiber ist ihr Talent, einem mit den unscheinbarsten Mitteln das Leben sauer zu machen.

A, 27

Es ist in der Ehe nicht anders als auch sonst unter Menschen: Wer seinen Nächsten verurteilt, der kann immer irren. Wer ihm verzeiht, der irrt nie.

B, 52

Männer sind manchmal weise, Frauen sind immer klug.

II, 608

Ein Mann ist ein Wesen, das den unstillbaren Drang in sich fühlt, alle Dinge solang zu ordnen, bis sie sich rettungslos festgefahren haben und nur noch zu lösen sind, indem er sie zertrümmert, damit er dann die Trümmer von neuem ordnen kann. Die Frauen aber verwalten ein weit tieferes Geheimnis, sie besitzen die wunderbare Gabe, alle Dinge so durcheinander zu bringen, daß sie ganz von selber im Fluß bleiben.

II, 608

Kleinigkeiten geben einem Mann das Ansehen, die Art, wie er den Hut ins krause Haar drückt, oder daß er nur den untersten Jackenknopf schließt, damit sich der Rock gefällig über der Weste öffnet und auch noch etwas von der silbernen Uhrkette sehen läßt.

I, 586

Mit Frauenzimmern ist es wie mit Katzen, wenn man sie zusammenbringt. Sie sind sich freund oder feind im Augenblick, aber das kann kein Mensch voraussehen.

I, 347

Ihre Waffe ist die Sanftmut, heuchlerische, gleisnerische Sanftmut. Wenn der Mann ausholt, schlägt er auf Samt, und im Samt ist die Nadel verborgen.

I, 676

Das Mauern ist eine Schule der Weisheit, des geruhigen Denkens. Jeden Stein wendet man um und um und betrachtet ihn sorgfältig, ehe man ihm mit dem Hammer Gewalt antut. Er mag noch so sperrig sein, gewinnt man ihm nur erst die richtige Seite ab, dann fügt er sich leicht in das Ganze. Denn es liegt ja niemals an den Steinen, wenn das Werk gut oder schlecht gerät, sondern an deiner Art, mit ihnen umzugehen. Dazu ist vor allem Geduld nötig, und Einsicht, und die Ruhe des Gemütes, die von der Einsicht kommt.

II, 167

Wenn ein Mann meint, es beobachte ihn niemand, dann unterzieht er sich gern einer magischen Verwandlung, er wird wieder, was er anfangs war oder was er eigentlich immer blieb, seit die Knöpfe an seinen Hosen den Platz wechselten, – ein Kind. Und sogleich verlieren auch die Dinge ihre feindselige Scheu. Sie kommen willig in den Zauberkreis und spielen mit, die Bürste in der Badewanne oder eine Reihe von Pflastersteinen auf dem Morgenweg, oder auch nur die Drähte, die am Bahndamm entlanglaufen. Frauen können das nicht recht begreifen, sie spielen ja nie, sie tändeln nur.

II, 208

Es gilt eine Regel, die sagt: Was man der Frau im Bett nicht abgewinnt, das hat man an der Schüssel zu büßen.

I, 591

Noch immer währt der stille Kampf zwischen den beiden, der verborgene Krieg, aber die Waffen sind ungleich. Für die Frau sind Gottes Tafeln ausgelöscht, wenn sie liebt.

I, 329

Die kluge und ihrer Vorzüge sichere Frau sieht dem Geliebten die Untreue nach, damit er zu ihr zurückkehren kann. Denn die Wohllust des Siegens liegt nicht so sehr im Triumph über den Besiegten, als vielmehr im Triumph über die Rivalen.

A, 31

›Durch Geist verklärte Häßlichkeit‹ – ein Kompliment, mit dem in Ewigkeit niemand ein Frauenzimmer zufriedenstellen wird, am wenigsten, wenn es zutrifft.

A, 31

Die übelste Meinung über die Weiber wird von ihnen selbst verfochten: Daß man an einer einzigen genug haben könne.

A, 27

Mit einem Weibe, das man begehrt, kann man sich nicht eher befreunden, als man es besitzt.

A, 27

In der Ehe kommt, gewöhnlich erst spät, die entscheidende Stunde, in der man sich kennenlernt.

A, 27

Das gute Gedächtnis vieler Leute, besonders der Weiber, kommt daher, daß sie immer an etwas, dafür aber selten über etwas denken.

A, 31

Jedes Fest scheint mir von einigen Voraussetzungen abzuhängen, einmal von einem festlichen Anlaß, dann von einem festlichen Ort und schließlich vom festlich gestimmten Menschen.
Hinsichtlich des Anlasses war dieser Mensch nie verlegen oder wählerisch. Alle seine Feste haben im Grunde den gleichen Antrieb: dem Alltäglichen für eine Weile zu entrinnen, dem nie erlöschenden Kampf des Menschen, des biologisch mißlungenen Tieres, gegen die feindselige Umwelt. Das drückt unsere Sprache aus, wenn sie dem Wort ›feiern‹ eine doppelte Bedeutung gibt. Von Anfang her lud der Mensch bei seinen Festen auch gern die Götter zu Gast, nachdem er entdeckt hatte, daß er allein unter allen Erdenwesen fähig ist, zu sündigen – eine Einsicht, aus der er später den seltsamen Schluß zog, er sei auch das einzige Geschöpf, das ein Recht darauf habe, in den Himmel zu kommen. Heutzutage ist freilich nur noch Merkur der Protektor unserer Feste, nicht mehr Apollo.

N, 87

Die fortwirkende Kraft aller periodischen Feste stammt aus der Tradition. Deshalb darf der Anlaß nicht umstritten sein, der Ort nicht willkürlich verändert werden. Niemand kommt nach Salzburg, um von Jahr zu Jahr zu beobachten, wie der Zeitgeist das alte Stadtbild unaufhaltsam zerstört, oder um fragwürdigen Experimenten auf der Bühne oder im Konzertsaal beizuwohnen. Was der Gast erwartet, ist der Einklang von Ort und Anlaß mit ihm selbst, dem festlich gestimmten. Das Unerhörte, das Brandneue mag irgendwo sonst in der Welt versucht werden. Unsere Festspiele sind nicht von gestern und nicht von morgen. Wenn überhaupt von einem höheren Auftrag die Rede sein kann, dann läge er für Salzburg darin, die Würde der geistigen Welt zu repräsentieren, großzügig im Ganzen, unnachgiebig im Einzelnen.

N, 89

Ich selbst kann Mozarts Musik nur mit naiven Sinnen, ohne Kennerschaft aufnehmen, aber sie ist mir über das Musikalische hinaus von Bedeutung, weil an ihr die Gesetze und Regeln auch jeder anderen Kunstübung in völliger Klarheit ablesbar sind: unbegrenzte Freiheit in der Erfindung, unabdingbare Ordnung in der Form, verschwenderische Fülle zugleich mit demütiger Beschränkung. Denn die Freiheit des Schaffens setzt den Zwang zur Ordnung voraus. Noch im Geringsten hat sich Mozart immer das Äußerste seiner Fähigkeiten abverlangt, nie suchte er die Wirkung auf dem bequemsten Weg. In meinen Augen ist Mozart der einzige Künstler, der niemals der Versuchung erlag, mit dem bloßen Können zu glänzen. Ihm allein war es auch gegeben, das sonst Unvereinbare zusammenklingen zu lassen, nämlich Geist und Herz. Wollte ich versuchen, Mozarts Werk aus meinem eigenen Leben wegzudenken, so würde sich am gegenwärtigen Bild meiner Umwelt vielleicht wenig ändern. Aber je weiter zurück ich die Spur meines Daseins überblickte, um so dunkler und ärmer erschiene es mir, ärmer um viele Tage nachklingenden Genusses, um übervolle Stunden der Erhebung und um Augenblicke schwereloser Glückseligkeit.

N, 156

Das Wort hat große Gewalt. Aber sie kommt nicht vom Menschen.

S

Was die Gesellschaft öffentliche Meinung nennt, heißt beim einzelnen Menschen Vorurteil.

S

Man schwört gelegentlich auf das gesunde Urteil eines andern nur wegen der guten Meinung, die er von einem hat.

A, 2

Es ist eine feine und nie versagende Bosheit, das Werk statt den Meister zu loben.

A, 7

Die Immer-Witzigen werden einem, trotz der buntesten Abwechslung – (wegen der Nichtigkeit des Stofflichen) – sehr bald langweilig.

A, 5

Im Munde gewisser Leute reizen einen die eigenen Ansichten zum Widerspruch.

A, 2

Leute, die nichts, und solche, die alles verstehen, sind gleich langweilig. Man stellt sie beiseite, wie Töpfe, die schon voll sind, oder die keinen Boden haben.

A, 4

III

HERBST

7

Unmerklich gleitet das Jahr in den Herbst hinein. Es kommen leuchtende Tage, voll von einem milden Glanz, noch gar nicht traurig. Die Schwalben sammeln sich im Laub der Kirschbäume, es sind ganz junge darunter, den ganzen Tag mühen sie sich ab und üben ihre Schwingen für den großen Zug. In den Haselbüschen hocken die Eichhörnchen, schnalzen vergnügt und drehen braune Nüsse zwischen ihren flinken Pfötchen, und draußen auf den leeren Feldern treibt sich der Wind herum. Man denkt ja, das sei noch ein Sommerlüftchen, zu dieser Zeit geht man ja selbst in Hemdärmeln über die Wiese und spürt die Sonnenwärme im Rücken, und dann trägt einem plötzlich der Wind etwas vor die Füße, ein erstes gelbes Ahornblatt, nur eines. Man nimmt es mit und steckt das Blatt an den Hut, weil es so schön geadert ist, aber nach ein paar Tagen hat es seinen Wert verloren, es gibt ihrer viele unter den Bäumen.

Die Kartoffeln werden aus der Erde gegraben, die letzte Ackerfrucht des Jahres, nicht so heilig und ehrwürdig wie das Korn, aber dennoch ein Segen, ein spätes Gnadengeschenk des Herrn, als die Erde schon dornig war und verflucht.

Es gibt eine Fülle beschaulicher Arbeit in diesen Wochen. Der Mist wird ausgefahren, es duftet herzhaft nach gesunder Verdauung in der ganzen Gegend. Zu viert stehen die Hofleute auf den Tennen und dreschen gemächlich zur kühlen Abendzeit, es klingt, als trabe ein schwerhufiger Gaul in der Dämmerung über Land. Das Korn lockt die Spatzen und die Mäuse an, hinter denen sind wieder die Wiesel her, und überall hocken vollgefressene Katzen auf den Zäunen, schauen wehleidig vor sich hin und speien zum Steinerbarmen.

I, 514

Den letzten Apfel von jedem Baum bringt der Pfarrer selbst herunter. Er bricht ihn mit den Händen entzwei, und wenn er sich schön im Kernhaus geteilt hat, dann ist es ein gutes Zeichen, es bedeutet, daß Gott niemand im Hause abberuft, ehe der letzte Apfel verzehrt ist. Wenn man starke Daumen hat und ein guter Hausvater ist, kann man sich und den Seinen auf diese Weise in ein biblisches Alter helfen.

I, 515

Es kommt für jeden der Augenblick, in dem er die Höhe seines Lebens überschreitet. In dieser Zeit sieht man weit voraus und weit zurück, man lebt noch wie sonst und freut sich seiner Kraft und der bunten Fülle um einen her. Aber schließlich merkt man doch, daß einem nichts mehr zuwächst, daß man in den Schatten hinuntersteigt und eigentlich immerfort Abschied nimmt.

II, 197

Den einfachen Leuten, den geringen ist das Rechte und das Schlechte nicht so deutlich gemacht, die leben gleichsam näher dem geheimnisvollen Untergrund alles Geschehens, in dem Gut und Böse noch ungeschieden ruht und aus dem wir alle unsere Herzen nähren. Ein einziges Mal redete Gott spöttisch mit dem Menschen, das war, als Adam seine Blöße hinter dem Busch verbarg. Siehe, sagte Gott damals, Adam ist weise geworden wie unsereins! Er hat erkannt, was rein und unrein ist.

I, 594

Ach, mein Vater, wenn er heimkehrte und müde saß, mit seinem schweren Atem, wenn er mir die Hand in den Nacken legte, wie er es gerne tat, seine rauhe und ruhige Hand – er starb mir ja viel zu früh! Ich war noch nichts, ich fing erst an, in seinem Sinn zu leben, so beharrlich und unverzagt, wie er es mich gelehrt hatte. Und als ich eben sagen wollte: Setz dich hin, Vater, laß es mich jetzt versuchen – da starb er mir.

II, 149

Könnte ich überhaupt erklären, wie es zuging, daß mein Vater zeitlebens so arm und dabei doch so fröhlich blieb, beides aus Bestimmung, oder eins durch das andere –, wüßte ich das, so wüßte ich mehr. Vielleicht lag das Geheimnis seiner Lebenskunst einfach darin, daß er seine Arbeit liebte. Der Vater war unermüdlich tätig, aber er nahm seine

Pflichten nicht wie ein Kreuz auf sich, wie eine quälende Last, die der Arme schleppen muß, um dafür dem launischen Himmel ein wenig vom Glück des Müßigganges abzunötigen. Für ihn lag das Glück in der Arbeit selbst.

II, 325

Mein Vater war kein Mann des Fortschritts. Niemand kann einen goldenen Braten essen, sagte er. Er sah das Heil nicht darin, Recht zu fordern, sondern recht zu tun.

II, 325

Abergläubisch war ich schon immer, auch das ist ein Erbteil von der Mutter her, und kein schlechtes. Sie kannte eine Menge verläßlicher Vorkehrungen gegen allerlei kleines Ungemach. Hatte sie etwa wieder einmal ihre Brille verlegt, so klemmte sie einen Strumpf unter das Tischbein. Dieser Strumpf war in Wirklichkeit der Schwanz des Teufels, sein empfindlichster Teil, und er war auch jedesmal gleich bereit, sich loszukaufen, indem er das Gesuchte zustande brachte. Manchmal fand die Mutter ihre Brille sogar auf der eigenen Nase wieder. Derlei handgreifliche Beschwörungen übe ich natürlich nicht mehr aus, aber ich helfe mir mit weniger auffälligen Kunstgriffen. Niemals würde ich am Freitag eine Reise antreten, und wenn es obendrein der Dreizehnte ist, steige ich überhaupt nicht aus dem Bett.

II, 504

Ich habe sagen hören, die Arbeit sei ein Fluch, sei menschenunwürdig, das grobe Werken mit den Händen. Ist es so? Werden die Leute glücklicher sein, wenn ihnen der Teufel dazu hilft, daß sie einmal aller Mühsal ledig sind? Oder ist etwa die Arbeit selbst ein Gut, eine von den geheimen Gnaden für unser unseliges Geschlecht? Ist vielleicht in den Schweiß das nährende Salz gemischt, das uns den Acker des Lebens immer wieder frisch ergrünen läßt? Daß einer heutzutage arbeiten muß, um sein Brot zu haben, das ist nur ein geringer Mangel. Darin liegt die Schwierigkeit gar nicht, wir werden schon lernen, aus Steinen Brot zu machen. Aber ob uns dieses Brot noch munden wird?

II, 156

Aber nein, ein Mensch am Feierabend ist ja immer ein guter Mensch. Er hat den Arbeitsrock ausgezogen, in dem der Unfrieden nistet, und nun sitzt er da in Hemdärmeln, weiß geflügelt gleichsam, und hat lauter versöhnliche Gedanken im Kopf. Es ist ihm, als könnte er den Hader der ganzen Menschheit mit ein paar Worten schlichten. Besinnt euch doch einen Augenblick, möchte er sagen, nehmt euren Verstand zusammen! So ist es doch nicht, daß das Böse auf eigenen Beinen zwischen euch umherliefe wie ein reißendes Tier, sondern es hat nirgends Platz zwischen Himmel und Hölle. In euch selbst brütet ihr es aus, es schaut mit euren Augen und redet mit eurer Zunge.

II, 235

Oben im Kar ist der Herbst anders als auf der Halde, einfacher, dürftiger. Das Gras ist längst verwelkt, überall liegt ein grauer silberiger Schein über dem Boden, das sind die Flechten und Moose. Bärlapp kriecht zwischen den Felsen hin, Preiselbeeren hängen wie Blutstropfen an dünnen Stielen. Es ist nicht viel, was sich so findet, aber es ist doch rührend und schön in der ungeheuren Weite und Verlassenheit des Kares.

I, 105

Die Natur setzt keine Werte, in ihrem Bereich gibt es kein Gut oder Böse. Ohne solche Kriterien wäre der Mensch als ein physisch schlecht ausgerüstetes, durch seinen Intellekt aber als das am besten bewaffnete Tier zu definieren. Dieser Umstand befähigt ihn, auf die Vorgänge in seiner Umwelt zweckmäßig zu reagieren. Sinnvoll aber kann er nur leben mit Hilfe einer weiteren Komponente seines Handelns, des Gefühls, das Gute wird erst gut durch Güte.

Br, 132

Denn im Leben ist die große Wahrheit dem großen Irrtum gleich an Wert. Wie viele glauben, die Wahrheit errungen zu haben, und besitzen in Wirklichkeit nichts, als die Fähigkeit, konsequent zu irren! Niemand ist glücklicher als sie.

Br, 11

Ich habe etwas gegen gute Menschen, Gott schütze mich davor, je einer zu werden. Wohin ich schaue, die Geschichte auf und ab, ich sehe nur Gerechte am Werk, leidenschaftliche Anwälte der Unterdrückten, beherzte Kämpfer gegen alles Unrecht, und dennoch dampft die Welt vom Blut der Unschuldigen. Liegt es etwa daran, daß sich die Sünder ganz gut vertragen würden, wenn sich die Gerechten nicht fortwährend in den Haaren lägen?

II, 556

Wenn ich alles überschlage, was ich bisher im Leben erfahren habe, so weiß ich von keiner anderen Möglichkeit, wahrhaft glücklich zu sein, als von dieser: Nur mich selbst zu fühlen, wie ein Baum sich fühlen mag, einfach da zu scin.

II, 253

Es ist nun so still geworden, zuweilen wird mir bang in dieser Stille. Dann schaue ich um mich, überblicke gleichsam mein Leben wie von einer Anhöhe herab, die ich langsam und in langer Zeit erstieg und auf der ich jetzt eine Weile verhalten darf, ehe ich mich gegen Abend wenden muß, um in den Schatten hinunterzuwandern. Ich verfolge die Trittspur meines Daseins hinter mir, und es rührt mich sehr, daß ich einen so wunderlichen und mühsamen Weg gegangen bin, während ich doch meinte, immer geradeaus zu eilen, immer aufwärts. Aber der Berg, den ich mir von fernher als Ziel ver-

sprach, war kein hoher, glänzender Gipfel, nur ein Hügel zuletzt, zwischen anderen.
Freilich, die Gefährten meiner Wanderschaft trieben es nicht besser, die klügeren überholten mich, die dümmeren blieben zurück, und so verlor ich die meisten ganz aus den Augen in der weglosen Wildnis. Vielleicht liegt ja der Unterschied zwischen den Leuten überhaupt nur darin, daß die Törichten immer wieder dieselben Dummheiten machen, die Gescheiten immer wieder neue.

II, 224

Ach, welch unanfechtbares, nie versagendes Glück, am Abend noch einmal vor die Tür zu treten und am Größeren Maß zu nehmen für die kleine Welt der Träume, für den Schlaf. Die Natur verharrt zu dieser Stunde gleichsam in sich gekehrt, einem Urereignis hingegeben, das sie allein bewältigen muß, niemand kann daran rühren, das wird nicht getan, das geschieht. Der Tag wölbte sich blau mit freundlicher Duldsamkeit über alles Menschenwerk, aber nun reißt die Nacht den Himmel auf für das zeitlose Wirken der Gestirne in ihrer Einsamkeit. Wer vermöchte das zu schildern, es wäre ein Wagnis, das ganze Meisterschaft verlangt.

II, 569

Wie weit reicht die Kraft eines Menschen wirklich? Fragt doch einen Mächtigen der Erde, aber fragt ihn am Ende seines Lebens, womit er vor den letzten Richter treten will, mit den glänzenden Taten, die ihm Ruhm einbrachten, oder mit den stillen Werken der Güte von Hand zu Hand, die ihm daneben so spärlich geraten sind. Denn wer Großes wagt, muß doch immer im Kleinen Unrecht tun.

II, 266

Überall kann man rasten, werken auch und seinen Vorteil suchen, aber Frieden hat man nur daheim. Es gibt kein anderes Dach, das so wärmt, Zinnen und Türme täten es nicht. Und nirgends rinnt ein Brunnen, der einen so lind im Schlafe trösten kann wie der dort vor dem Kammerfenster. Hier brach einem der erste Schrei aus dem Munde, hier muß auch der letzte Atemstoß verlöschen, anders kann ein Mensch nicht ruhig sterben. I, 582

Denn die Heimat ist das Bleibende, das Sichere, sie ist die Erbgnade für unser unseliges Geschlecht. Ich höre sagen, das sei Schwärmerei, es liege nicht daran, ob einer an dem oder jenem Ort der Welt werke und sich ums Dasein plage. Menschen hätten doch die Grenzen gesteckt, sie seien vom Zufall oder vom Wechselspiel der Geschichte bestimmt worden, da sei kein Zauber im Spiel, nichts Innerliches und Unwägbares, die Heimat schaffe sich der Mann, wo ihn sein Geschick hintrüge – nein, ich glaube das nicht. Ein Mensch kann nicht überall daheim sein, zu Hause wohl, aber nicht daheim.

II, 142

Und das Jahr verwelkt, die Sonne wird müder von Tag zu Tag. Im Sommer sprang sie von der Zinne des Berges weg über den ganzen Himmel, und jetzt ist sie eine alte Frau auf ihrem mühsamen Weg, sie geht nur ein wenig am Rand der Welt entlang, gleich sinkt sie wieder in den Wald und schläft. Der Himmel selbst wird welk, der blaue Garten, in dem die schönen Wolkenblumen blühten, die riesigen Büsche und Sträucher im Sommerwind, nun sterben sie ab, und eines Tages fallen die weißen Blütenblättchen auf die frierende Erde herunter.

I, 537

Werkzeug, versteht ihr, was das heißt? Das Werkzeug ist die friedliche Waffe des Mannes. Mit dem Hammer, dem Winkelmaß eroberte er den Erdkreis, nicht mit dem Schwert. Inzwischen haben wir es ja weit gebracht, zugegeben, wir bohren nicht mehr mühsam Löcher in Steine, um einen Ast durchzustecken. Aber im Grunde ist doch der gewiegteste Maschinenbauer nur ein Lehrling dessen, der den Hammer erfand, jenes Halbgottes am Beginn der Zeit, jenes Riesen an Verstand. Und darum ist das Werkzeug heilig und ehrwürdig und unvergänglich.

I, 552

Stufen. Es gab welche, die ich im Sturmlauf der Jugend übereilte, aber alle schritt ich bedächtiger wieder hinab. Auf anderen floh ich im Pesthauch der Geschosse vor dem Tod, und wieder andere brachten mich, den Genesenden, ins heitere Leben zurück. Aber mir ist, als hätte ich auch im geistigen Bereich viele Stufen zu überwinden gehabt, wie denn überhaupt mein inneres Leben nie stetig weiterfloß, sondern sich gleichsam in Absätzen steigerte, so daß ich von Schritt zu Schritt und immer wieder meine ganze Kraft versammeln mußte, um weiterzukommen.

II, 174

Ich bin ja viel unterwegs gewesen, so lange ich meinte, das Leben sei ein Hin und Her, nicht ein Auf und Ab. Die Neugier trieb mich immer wieder hinaus, aber das Heimweh begleitete mich, dieses traumschwere Gefühl von Verlorenheit, das mich nirgends in der Fremde wirklich froh werden läßt.

II, 261

Mit wenig Geld bin ich mein Lebtag gut ausgekommen, viel Geld hingegen bringt mich um den Verstand.

II, 498

Immer schon war es meine Freude, und etwas von der Leidenschaft des Schatzgrabens drängte mich, bei den Trödlern herumzustöbern. Diese Leute sind alle ein bißchen wunderlich, das kommt daher, daß sie unter lauter Dingen leben, die im Umgang mit Menschen eine seltsame Beseelung gewonnen haben, es sind fühlende Dinge sozusagen. Sie gingen durch viele Hände, aber die letzte war immer eine treulose Hand gewesen, und darum liegen sie jetzt da und erdulden das bittere Schicksal derer, die im Dienen alt und unnütz wurden.

II, 246

Reich zu werden, traue ich mir nicht zu, aber reich zu bleiben.

S

Nur ein erfülltes Leben gibt einem Menschen wirklich Wert und Festigkeit in seinem Wesen, nicht Bildung oder feine Lebensart oder was wir sonst noch für wichtig halten – nur ein erfülltes Leben. Ein Mensch muß ins Ganze wachsen wie ein Baum, der sich streckt bis zum Äußersten seiner Gestalt und keinen Zweig in seiner Krone verkümmern läßt, den ihm der Himmel zu tragen erlaubt. Was uns ansteht, will getan sein, nicht nur gedacht.

II, 291

Schweigen ist ein köstlicher Genuß, aber um ihn ganz auszuschöpfen, muß man einen Gefährten haben. Ein Mensch allein ist nur stumm, mit sich selber kann er nicht schweigen und, was noch verdrießlicher ist, auch nicht schwätzen. Ein Glück für redselige Leute, daß wenigstens der liebe Gott allgegenwärtig ist und sich geduldig von jedermann ins Wort fallen läßt mit Beten oder Fluchen.

II, 225

Wäre ich ein Prediger, und hätte ich meiner Gemeinde einen scharfsinnigen Beweis für das Walten der Vorsehung zu liefern, so wollte ich den Kleingläubigen vor Augen führen, wie sinnreich alles Sehens- und Schmeckenswerte über die bewohnte Erde verteilt ist, so daß jedes geringste Dorf noch etwas vorzuweisen hat, womit es sein Dasein begründen kann. Der gütige Schöpfer gab einem Auserwählten im Traume ein, wie man Lebkuchen bäckt, oder er ließ einen Baum tausend Jahre alt werden oder eine Burg, von der kein Mensch zu sagen weiß, wofür sie taugte, als sie noch nicht verfallen war. Und wo es wirklich an allem fehlt, läßt sich immer noch dem menschlichen Unverstand ein Denkmal setzen, weil doch allerorten einmal eine Schlacht geschlagen oder sonst ein Unfug verübt worden ist.

II, 244

8

Das Wasser rauscht in der Schleuse, die Tiere grasen noch auf der Wiese, schön und friedlich ist das Geläute ihrer Glocken. Die Felder sind leer, aber es liegt doch noch ein wenig Farbe über dem Land, der milde Glanz des späten Jahres. Nun steigt der Abendstern über dem Wald empor, es ist ein einziger großer leuchtender Stern, sonst ist der Himmel noch blau und licht. Lange steht er allein über den schwarzen Wipfeln der Fichten. Wind kommt in den Holunderstrauch neben der Bank, ein welkes Blatt löst sich und sinkt langsam auf den nackten Boden. Ja, es ist Herbst geworden …

I, 231

Nicht genug, daß die Gerechtigkeit blind ist, wie von jeher, in neuerer Zeit hat sie sich auch noch beschwätzen lassen, ihr Schwert gegen ein Schießgewehr zu vertauschen, und seither laufen die Leute wie Hasen durcheinander, weil niemand weiß, nach wem sie zielt.

II, 259

Es gab einen Mann, der fragte, ehe er sich ahnungslos vor dem Weltenrichter die Hände wusch – fragte also: ›Was ist Wahrheit?‹ Aber der Richter schwieg. Dürfen wir nun nach fast zweitausend Jahren behaupten, wir seien der Wahrheit gewiß? Ich fürchte, es sind nur unsere Irrtümer komplizierter geworden. Im Grunde treiben wir es wie die Katze, die hinter den Spiegel schleicht, um dort die andere Katze zu finden.

II, 685

Das Dasein ist so bequem geworden, die alten Saumpfade des Lebens sind so spiegelglatt geebnet, daß man besser tut, sich mit der vorsichtigen Eile einer Schnecke darauf zu bewegen, aber wozu dient dann eigentlich der ganze Aufwand? Der Fortschritt, scheint mir, hat uns überschritten.

II, 559

Die meisten Menschen gewinnt man nur auf Kosten der Scham, der Ehrlichkeit und der Reinheit des Herzens. Die größten Schufte haben die wenigsten Feinde. A, 8

Der üble Charakter eines Menschen zeigt sich häufig darin, daß er einen anderen nicht unkorrigiert lassen kann, der sich grundlos über etwas freut.

A, 2

Im Bösen sind die Menschen wahrer als im Guten.

B, 67

Der Mensch allein ist fähig, sein wahres Wesen zu verbergen, und er ist ja auch das einzige Geschöpf, das es nötig hat. Es wäre unmöglich, zu leben, wenn es möglich wäre, daß einen jemand wirklich kennt.

II, 478

Der Mensch unterscheidet sich vom Tier dadurch, daß er ein mißlungenes Tier ist.

S

Wir alle sind noch Halbmenschen, der Mensch fängt an, wo er den Mut hat, aufzuhören. Dies ist sein Sinn im Universum.

S

Der Abend kommt, nun füllt sich das Tal mit bläulichen Schatten. Die farbigen Wiesen verblassen, und dann löscht auch der Wald aus, das brennende Gelb der herbstlichen Lärchen. Der Wind macht sich auf und streicht umher, da und dort im Gehölz bleibt er still und rührt ein weniges an, das welke Blattwerk in den Stauden, die trockenen Gräser am Zaun. Und er ist ein guter, ein zärtlicher Wind. Er kommt auch zu den Tieren, vielleicht trifft er irgendwo einen Hasen, der im Ackerland hockt, und die Vögel findet er alle, die vielen kleinen Vögel in ihren Nestern und im Gestrüpp. Die Käfer im Moos sucht der Wind auf, und dann auch die Grillen – was ist es mit euch? Wollt ihr nicht schweigen? Endlich hebt sich der Wind und streicht durch die Wipfel der Bäume, und dann seufzt der Wald und regt sich ein wenig im Schlaf.
Jetzt aber steigt der Mond aus dem schwarzen Rükken des Berges, ungeheuer groß und glühend ist seine Scheibe, sogar die Sterne ertrinken in diesem Glanz. Sein klares Licht fließt überallhin, es tropft in das Moos zwischen den Bäumen, und die Wiesen leuchten wie Spiegel auf, naß und silberig vom Tau.
Es ist nicht mehr diese Welt, nicht mehr Staub und Mühseligkeit, wenn in einer stillen Nacht der Mond aufsteigt, im Herbst. Man sitzt irgendwo am Waldrand unter den Bäumen, nun liegt die Erde tief unten hingebreitet im Glanz des aufgebrochenen Himmels. Man ist allein und man hat ein Herz, das schlägt, ein närrisches Herz in der Brust.

I, 235

Einfachstes aller Wunder! Größtes aller Wunder, unzählige Male geschehen und immer wieder neu seit dem Tage, da der liebe Gott auf den Einfall geriet, ein Ebenbild seiner selbst zu machen, was noch nie einem Meister gelungen ist, auch ihm nicht. Er versuchte es denn auch kein zweites Mal, sondern überließ es den Müttern, Himmel und Hölle wunderlich zu bevölkern. Einer Mutter macht es nichts aus, ob sie nun einen Heiligen oder einen Sünder in die Welt setzt. Sie gebiert ein Kind, und was ihm auch bestimmt sein mag, sie liebt es.
Aber den Vätern gibt so etwas zu denken, versteht sich, den Männern, die doch das Pulver erfunden haben und sonst noch allerhand, Maschinen zum Beispiel, um Dinge zu erzeugen, die der Herrgott selber mit der Hand machen müßte. Und dennoch: die Kunst aller Künste ist ihnen versagt, die wurde allein den Müttern eingegeben. Denn von dem wenigen, was die Väter dazutun, ist weiter kein Aufhebens zu machen.

I, 724

Wie tröstlich unterscheidet sich alles, was geschieht, von dem, was nur getan wird.

II, 691

Das Triebwerk der Welt bleibt ja nur im Gang, weil es immer Leute gibt, die das verworrene Geschäft des Lebens herzhaft angreifen und die getrost auch einmal in Sünden fallen, wenn nichts Besseres mehr helfen will, statt gleisnerisch die Augen über sich zu drehen.

II, 263

Immer mit der Nase anstoßen, heißt auch, einen Weg finden.

B, 54

Das Nützliche zu finden, und das Nützliche recht anzuwenden – zwei sehr verschiedene Fähigkeiten, die selten im selben Kopf Platz haben.

A, 21

Wer genug hat, hat zuviel.

A, 6

Aber wie arm wäre die Welt, hätte die Armut nie zu leiden gehabt!

II, 542

Seine Fehler verzeihen wir dem Nächsten lieber, als seine Vorzüge.

A, 3

Mir gefallen auch unter Menschen die Ruinen besser als die Museen.

A, 20

Das Jahr wird alt, jetzt kommt die Zeit der bösen Winde. Der Wind schleicht durch das falbe Kraut auf den Wiesen, und die dürren Gräser neigen sich zitternd in seiner Spur. Er streift um das Haus und über den Anger, dort duckt sich der Wind in die Hecken, und dann springt er plötzlich mit einem Satz in die Krone des Birnbaumes. Zweige brechen wie Knochen, Blätter flattern durch die Luft, es ist ein grausamer Mord auf freiem Felde. Einen Augenblick später steht dieser Baum nackt und zerrissen im Nebel, klagend und mit wirren Ästen, und die Sauerdornsträucher sind wie mit Blut bespritzt, die gelben Sträucher an den Zäunen.
Auch die Sonne ist nur noch ein fahler Fleck am verhängten Himmel, ihr kränkliches Licht kann die Kälte und die Finsternis nicht mehr überwinden. Noch spät am Mittag liegt da und dort der Reif auf den Feldern. Aber die Vögel haben es gut in dieser Zeit der Früchte, die Eichkatzen im Gehölz und die Hasen in den Krautäckern.

I, 265

Alle Mächtigen und Weisen der Erde möchte ich einladen, gelegentlich auch am Rand meiner Wiese zu sitzen und eine Taubnessel zu malen oder meinetwegen einen Rittersporn, ehrenhalber, auf daß sie erkennen könnten, wie kostbar das ist: lebendiges Leben.
Aber die Mächtigen und Weisen kommen nicht zu mir, ich bin ein Narr allein. Denn leider ist alles Wahre so einfach, daß es eigentlich nur ein Dumm-

kopf verstehen kann. Darum haben es ja die klugen Köpfe so schwer.

II, 601

Wenn aber jemand das Unglück hat, Politiker sein zu müssen, dann sollte er sich wenigstens dreierlei zur Pflicht machen: einmal des Tags durch ein Mikroskop zu schauen, einmal nachts durch ein Fernrohr den gestirnten Himmel zu betrachten und jeden Morgen jene Seite der Schrift zu lesen, auf der geschrieben steht: richtet nicht, auf daß ihr nicht gerichtet werdet!

B, 90

Es gibt redliche und unredliche Politiker. Die unredlichen täuschen das Volk über ihre wahren Absichten. Die redlichen täuschen sich selbst.

B, 90

Frage an die Staatspolizei: Kann man den Elefanten unschädlich machen, indem man die Porzellanläden schließt?

B, 90

Wer gar zu heftig Genugtuung für ein erlittenes Unrecht fordert, hat gewöhnlich in anderer Hinsicht ein schlechtes Gewissen.

A, 5

Frage an die Unversöhnlichen: Wenn ein Mann mit der Hand in Dreck gegriffen hat, soll er dann diese Hand auf den Hackstock legen und die Finger nacheinander mit dem Beil herunterschlagen oder soll er sie ins Gras wischen und wieder gebrauchen?

B, 90

Argumente fruchten gewöhnlich darum so wenig, weil nicht zu beweisen ist, daß etwas wahr sei, sondern daß jemand irre.

A, 1

Man ist so sehr auf Verstellung eingerichtet, daß man nicht selten um das rechte Gesicht verlegen ist, wenn man unversehens einmal wirklich aufrichtig sein will.

A, 5

Gute und böse Handlungen, wie sie aus uns geboren werden, haben alle einen unbekannten Vater.

A, 12

9

Was für eine trübe, langweilige Zeit ist der Spätherbst! Die Felder sind abgeerntet und leer, sie veröden langsam im Wind und im Nebel. Welkes Laub flattert in der Luft. Das ist so armselig: Man steht irgendwo im pfeifenden Wind und friert und sucht nach etwas Freudigem, nach einem tröstlichen Gedanken. Oder man schaut den Krähen zu, die auf einer Fichte hocken, plötzlich schreiend aufflattern und eilig irgendwohin fliegen, ein schwarzes rätselhaftes Volk. Es gibt keine rechte Arbeit, darum ist diese Zeit so schlimm. Die Frucht ist längst gedroschen, die Felder sind bestellt. Was nun? Wenn Schnee fällt, wenn es kalt wird und lange Fahnen von Rauhreif an den Zäunen wachsen, wenn der Atem weiß vor dem Munde dampft – das ist eine andere fröhliche Zeit! Dann arbeitet man im Holz, rasselt mit langen Ketten, und wenn man mittags in die Stube kommt, dann kann die Mutter gar nicht begreifen, wie das möglich ist, so über und über gefroren zu sein, so tüchtig zu arbeiten in dieser unmenschlichen Kälte!
Aber jetzt, jetzt kann man nur auf der Bank hocken und Späne schneiden – eine trostlose Zeit!

I, 192

Es zieht ein seltsamer Geruch über die Gräber, ein süßlicher Duft von Kerzenhauch und welkem

Laub, das der Wind über die Mauer streut. Man geht mit anderen Leuten umher und liest dann und wann einen Namen von den Kreuzen – ja, du! denkt man und taucht den Finger in das kalte Wasser, um ein Kreuz zu schlagen. Und plötzlich hat man ein Gesicht vor Augen, eine längst vergessene Begebenheit. Es ist Nacht, man steht auf einer Brücke und zündet ein Streichholz an, und da sieht man dieses Gesicht im gelben Feuerschein. Nichts weiter, die Pfeife brennt wieder, man schwenkt die Hand, grüße die Schwester, sagt man und geht weiter. Später hat man einander gewiß noch oft getroffen, vielleicht war das Gesicht ganz anders, als er starb, nicht mehr so jung und fröhlich. Aber von dem ganzen Menschen ist einem nichts geblieben als dieses flüchtige Bild, dieser winzige Augenblick seines Daseins ...

I, 531

Immer habe ich es schön und bedeutsam gefunden, daß gewisse alte Völker ihre Toten wie Schlafende zur Ruhe legten. Ich wünschte sehr, ich hätte jemand, der mich auf die gute Seite legt, wenn es soweit ist, der mir die gefalteten Hände unter die Wange schiebt und die Decke sorgsam heraufzieht, damit ich nicht frieren muß in der endlosen Nacht.

II, 486

Die Abergläubischen, ein geheimer Orden.

S

Wir glauben in der Regel nicht etwas, sondern jemandem.

A, 1

Denn der Glaube hat von jeher das Beste unter den Bergen begraben, die er versetzte.

II, 604

Es gehört zur Würde des Menschen, Geheimnisse haben zu dürfen, selbst wenn er gar keine Geheimnisse hat.

B, 25

Wir haben alle die gleichen Geheimnisse – und doch Geheimnisse.

A, 6

Wenn eine Idee fortwirken soll, muß sie die Möglichkeit bieten, mißverstanden zu werden.

S

An Utopien kann uns wenig gelegen sein. Lebe jeder so, daß er in der besseren Welt, die er erträumt, in Ehren seinen Platz hätte.

B, 54

Die Toten sind mächtig. Sie gehen ja nicht auf der Straße umher und zeigen auf den oder jenen, aber sie haben ihre Leidenschaften zurückgelassen, ihren Haß, ihre Schuld, das alles wuchert noch im Fleisch der Lebendigen. Es laufen Fäden von den Gräbern her über das ganze Dorf, unsichtbar gesponnen, unlösbar geknüpft, dein Leben lang entrinnst du der Verstrickung nicht, es zieht und zerrt dich näher und näher.

I, 409

Bei der Erkenntnis des Sittlichen ist der Mensch am furchtbarsten auf sich selbst beschränkt.

A, 24

Das Gute ist relativ. Nur an deinen Absichten darf niemals etwas zu verbessern sein.

A, 9

Die Wahrheit ist kein Käfer, den man mit List und Glück erjagen muß, sondern sie liegt in der eigenen Brust verborgen, und nirgend sonst ist sie zu finden.

II, 224

Der Lauf der Welt ist die Entschuldigung für alle, die selber nicht weiterkommen.

S

Die Zeit eilt nicht für den, der keine Sorge hat, daß sie ihm entlaufen könnte.

II, 683

Wie einfach wäre das Leben, wenn die unnötigen Sorgen von den echten zu unterscheiden wären.

S

Viele sind auch beim Sorgenmachen Pfuscher.

S

Nichts trägt mehr zu unserm Gedeihen bei, als ein gewisses Maß von Unglück. Viele behalten ihr Lebtag die gleichen Fehler oder Tugenden, nur weil sie zufällig nie Unglück damit haben.

S

Wir sind nicht glücklich durch die Tugenden, die man uns nachrühmt, sondern durch die Fehler, die man uns zu haben erlaubt.

S

Immer ist der Tod unterwegs, der düstere Engel. Wir kommen aus dem Dunkel, anfangs ist die Welt noch klein zwischen den fünf Brettern der Wiege. Aber die Welt wächst mit uns Jahr um Jahr. Die Macht des Bösen wächst, auch der Mut, die schöne und törichte Kühnheit der Jugend. Liebe kommt dazu, dann ist es schon mehr der Freude und der Qual, Kummer des Herzens, Schuld des Blutes. Wir treiben umher, kämpfen uns müde, und am Ende ist die Welt wieder klein zwischen den fünf Brettern des Sarges. Ach, Jahr um Jahr, es ist dennoch eine kurze Zeit, und unser letzter Schrei ist nur ein Widerhall des ersten.

I, 399

Nach meiner Erfahrung bedienen sich die Mächte des Schicksals gern harmloser Geschenke, wenn sie dem Menschen ein unabsehbares Verhängnis ins Leben schmuggeln wollen.

II, 482

Gerade die verfehlten Ziele haben die Menschheit am meisten gefördert. Denn ein vorgefaßtes Ziel ist notwendig Gegenstand noch mangelhafter Erfahrung.

A, 17

Erfahrungen fruchten so wenig, weil zu viele Wege zur gleichen Torheit führen.

S

Auch Achill hat Augenblicke erlebt, in denen er nur aus einer Ferse bestand.

II, 508

Jede große Idee stirbt mir ihrem Entdecker. – Was übrig bleibt, ist Dünger für allerhand Unkraut.

A, 20

Ein schlechter Wegweiser, der selber ein Ziel hätte.

S

Es ist sehr wahrscheinlich, daß wir über alle Dinge, die wir nur auf eine Art erklären können, im Irrtum sind.

A, 22

Die schlimmsten Vorurteile sind die Nachurteile.

II, 607

Die Kunst, Musik zu machen, ist großer Ehren wert, denn sie ist ein Gottesgeschenk. Wunderbar genug, wenn man es recht bedenkt, es gibt nichts dergleichen in der geschaffenen Welt. Als Gott am Anfang den Geschöpfen ihre Stimmen zuteilte und in seiner Weisheit auch etliche stumm bleiben ließ, damit die andern jemand hätten, der ihnen zuhörte, da lehrte er die Löwen brüllen und die Vögel pfeifen, und dem Menschen erlaubte er beides, aber der war trotzdem nicht zufrieden. Er machte sich eine künstliche Kehle aus Blech und nannte sie Posaune, und dann gelang es ihm ja auch wirklich, Mauern damit umzuwerfen, wie die Schrift erzählt. Natürlich ist das nicht jedem gegeben, mancher könnte sein Leben daran wenden, er lernte so etwas nie. Was alles ist vonnöten, welche Behendigkeit des Geistes und der Glieder, um auch nur den Baß blasen zu lernen! Ich habe es in jungen Jahren auch einmal versucht, der Vater eiferte mich an, und wenn ich im Keller saß und übte, hörte er mir selber gerne zu, er war schwerhörig. Aber die Mutter verbat es sich schließlich. Irgend etwas, sagte sie, scheine ihr an meinem Spiel zu fehlen, aber eben das sei ihr zuviel.

II, 220

IV

WINTER

10

Advent, das ist die stillste Zeit im Jahr, wie es im Liede heißt, die Zeit der frohen Zuversicht und der gläubigen Hoffnung. Es mag ja nur eine Binsenweisheit sein, aber es ist eine von den ganz verläßlichen Binsenweisheiten, daß hinter jeder Wolke der Trübsal doch immer auch ein Stern der Verheißung glänzt.

W, 6

Wenn die Frömmigkeit im vordersten Kirchenstuhl das wäre, was Gott wirklich will, dann könnte ich auch zu ihm kein rechtes Zutrauen mehr haben.

II, 597

Den wahren und großen Gott kann keines Menschen Hirn fassen. Ihn nicht zu glauben, ist vielleicht die einzige Möglichkeit, ihn würdig zu verehren.

A, 23

Der hauptsächliche Wert der gemeinen Religion besteht heutzutage darin, dem Menschen die schreckliche Erkenntnis seiner vollkommenen Bedeutungslosigkeit zu ersparen.

A, 24

Wenn die Menschen bedächten, was sie ihrem Gott damit antun, daß sie ihn zum Mitwisser ihrer Schändlichkeiten machen!

A, 24

Alle Güter des Daseins haben ihren Wert von uns, und wer seine Armut beklagt, der ist in der Seele arm.

I, 349

Man muß wenigstens *einmal* die Tragweite des Lebens nach unten hin ausgemessen haben, damit man ein Maß für alle folgenden Zustände besitzt.

A, 14

Das Bedeutende neigt zur Kristallisation, nicht zur Massenbildung. Bedeutende Menschen sind solche Kristalle in der ausgelaugten Suppe des Gemeinen.

A, 6

Gewöhne dich an nichts, und alles wird ungewöhnlich bleiben.

A, 18

Mitleid ist die geringste sittliche Kraft, weil Leiden das einzige Besitztum ist, nach dem der Neid nicht trachtet.

B, 67

Einer unter den Weihnachtsbräuchen, und eigentlich der freundlichste von allen, ist mir selber nach und nach zu einem Alpdruck geworden, nämlich die Sitte des Schenkens. Nicht, daß ich etwa ein Ausbund an Geiz und Habsucht wäre, aber in jedem Jahr stelle ich eine umständliche Rechnung an, weil ich mir nicht erklären kann, wie es zugeht, daß jedermann soviel schenken muß und selber so wenig bekommt. Bei uns daheim war die Sache nicht weiter schwierig. Der Vater fand jedesmal ein Paar gestickte Hausschuhe unter dem Baum, völlig ahnungslos natürlich, er wußte es nur immer so einzurichten, daß die alten Pantoffeln erst am Heiligen Abend ihre Sohlen verloren. Der Mutter hingegen wurde ihr blaues Schürzenzeug überreicht, in zahllosen Schachteln verschnürt, und dann hörten wir alle geduldig eine Weile ihr Gejammer an – wie leichtsinnig es sei, so viel Geld für sie auszugeben.

W, 48

Ich laufe wieder von einem Laden zum andern, um etwas zu finden, womit ich dem Freund oder der Freundin das Herz wärmen könnte. Nicht, daß ich die Kosten scheute, viel mehr fürchte ich mich vor einem flüchtigen Lächeln des Dankes, einem betretenen Lächeln wahrscheinlich. Warum nur ist es so schwer geworden, Freude zu schenken und dabei selber froh zu sein? Vielleicht müßten wir alle ein wenig ärmer werden, damit wir reicher werden.

W, 57

Es gibt nur eine Medizin gegen große Sorgen: kleine Freuden.

II, 585

Alle echten Freuden im Leben sind Kinder der Unvernunft.

II, 586

Jeder möchte die Welt verbessern und jeder könnte es auch, wenn er nur bei sich selber anfangen wollte.

II, 252

Die Welt wird nicht von dem bewegt, was der Mensch erfindet, sondern durch das, was ihm ewig verborgen bleibt.

II, 254

Wahr ist doch, daß dem Menschen nicht Unsterblichkeit verheißen wurde, sondern das ewige Leben, wenn er guten Willens ist.

II, 266

Gewiß, aus der Wahrheit kommt der erlösende Glaube, aus dem Irrtum kommt nur der Wahn. Allein, eben die großen Wahrheiten wirken auf unsere schwachen Augen wie Blendlichter, dahinter verbergen sich uralte Irrtümer. Und wenn ich die Zeitläufe betrachte, weiß ich nicht zu sagen, ob die Regeln der Vernunft sinnvoller sind als die der Unvernunft.

II, 505

Das Wahre ist nicht unser Teil, aber Wahrhaftigkeit sollte es sein.

S

Für uns alle läuft das Leben von der gleichen Spule. Wir sind nur Ungeziefer auf der Erde, es geschieht nicht für uns, wenn die Sonne scheint, wenn der Regen fällt, das meinen wir nur. Wir leben und sind unterwegs, kämpfen und stoßen einander, und wenn wir uns für tausend Jahr eingerichtet haben, dann sterben wir. Das ist alles, immer ist es so.

II, 32

Und es kommt der Heilige Abend, der einzige Tag im Jahr, den man rein vergeudet und der erst mit dem Dunkelwerden beginnt. Auf der ganzen Welt gibt es sicher keinen Christenmenschen, der diese Stunde nicht feiert. Mag er auch selbst ganz arm und einsam sein, er wird doch an irgendeine selige Zeit seines Lebens zurückdenken, oder er kann an einem Fenster stehen und Kinder lachen hören, und wenn er sich nur in einen fremden Hausflur drückt, so kommt gewiß jemand vorbei, der ihm zunickt und gute Feiertage wünscht. Denn an diesem Abend sind alle Menschen freundlich und gut. Friede, sangen die Engel, Friede den Menschen auf Erden!

I, 549

In der Heiligen Nacht tritt man gern einmal aus der Tür und steht allein unter dem Himmel, nur um zu spüren, wie still es ist, wie alles den Atem anhält, um auf das Wunder zu warten. Auf den Höfen sieht man schwebende Lichter, als hätten sich die Sterne gelöst und wanderten nun zu Tal. Das sind die Laternen der Leute, die vom Berg herab zur Mette gehen. Und plötzlich schlagen die Glocken freudevoll zusammen und die Kirche erstrahlt in hundertfältigem Glanz. Gloria singt der Pfarrer mit aller Gewalt. Gloria in excelsis Deo. Und die Leute fallen ins Knie, und es sind wieder Hirten und Bauern, wie damals in der gesegneten Stunde. Nachher singen die Frauen auf dem Chor und der Pfarrer hält auch inne, um das Lied anzuhören, diese holde Weise von der stillen, heiligen Nacht.

Der sie erfand, war kein großer Meister, sondern auch nur ein geringer Mensch. Dieses eine Mal löste ihm der Engel die Zunge, nachher schwieg er wieder.
Aber es ist eine tröstliche Botschaft gewesen, über Grenzen und Zeiten hinaus bewegte sie die Herzen der Menschen. Und damit ist viel getan, denn alles Heil kommt aus der Stille.

W, 63

Aber die Christnacht ist noch immer voll von Geheimnissen, sie blieb die Nacht der Offenbarung. Im letzten Jahr ging ich auf dem Weg zur Mette am Bach entlang und fand da eine erfrorene Kukkucksblume. Unzählige Samenkörner rieselten mir in die Hand, und während ich sie wieder verstreute, dachte ich, wie tröstlich es doch ist, daß sich Gottvater nicht auch von den Errungenschaften der Wissenschaft anspornen oder gar erschrecken läßt, sondern daß er nach wie vor nur so altmodische Kuckucksblumensamen erzeugt. So gesehen ist der Advent keine trübe und traurige Zeit, sondern eine Zeit der Zuversicht und der gläubigen Hoffnung. Denn es ist kein Trost bei der Weisheit der Weisen und bei der Macht der Mächtigen. Denn der Herr kam nicht zur Welt, damit die Menschen stärker und klüger, sondern damit sie sanfter und gütiger würden. Und darum sind es allein die Kräfte des Herzens, die uns vielleicht noch einmal retten können.

W, 52

Die Kunst des Genießens ist uns verlorengegangen. Wir sind zu bewußt, zu kritisch, zu sehr eingenommen von unserer Macht, die Dinge mit Wert zu begaben. Wir genießen nicht, wir befriedigen uns und so verarmen wir allmählich. Genießen heißt, sich willenlos der Schönheit eines Zufälligen hingeben.

N, 73

Vielleicht stammt die Zerfahrenheit des heutigen Menschen aus seinem Unvermögen, Sinn und Zweck zu unterscheiden. Seine schale Skepsis, sein verdrossenes Auf-den-Nutzen-Starren, all das, was sein Bild so trostlos verzerrt.

S

Was wäre auch der Teufel, wenn er nichts zu tun hätte! Frag nicht warum, flüstert er uns ins Ohr, was kümmert dich der Sinn deines Daseins! Frag ›Wofür?‹, denn was du tust, muß doch einen Zweck haben. Und deshalb sitzt hinter allem Menschenwerk solch ein Zweck, ein nichtiges Trachten, eine winzige Schäbigkeit. Das ist es, was den Menschen heutzutage so jämmerlich klagen läßt, er sei gehetzt. Wer hetzt ihn eigentlich? Er kann nichts tun, ja, er kann nicht einmal nichts tun, ohne nach irgend einem Nutzen dabei zu schielen. Himmel und Erde, Wind und Wasser, alles Lebende und Wirkende hat er in sein Joch gebeugt, er scheut kein Geheimnis mehr und achtet auch keines. Es gibt nur noch ein Wesen in der Welt, dem er mit panischer Furcht gegenübersteht, sich selbst. Das, was ihn eigentlich erschrecken sollte, erkennt er gar nicht: daß ihm alle Dinge feind sind, daß er einsam ist. Er fürchtet sich nur davor, allein zu sein, allein mit sich selbst.

II, 557

Unleugbar, daß der Mensch sich anschickt, ein Schrecken für das gesamte Universum zu werden, obwohl er doch ursprünglich gar nicht darin vorgesehen war. Vielleicht wäre Gottvater längst vor den Künsten der Adam-Söhne geflüchtet, wenn er nur noch wüßte, wohin.

II, 683

Wie aber steht es mit der Tatsache, daß keinem Gebilde aus unserer Zeit die Kraft innewohnt, alt zu werden und durch das Alter Würde und Schönheit zu gewinnen? Alles, was wir erzeugen oder handhaben, wird nicht alt, sondern schäbig.

II, 684

Sollte unsere Zeit etwa so laut sein, weil sie hohl ist? Auch ich muß mir am Abend meines Lebens bekümmert eingestehen, daß nichts von dem, was ich hervorgebracht habe, aus dem Grunde getan wurde. Wir sind ein erfinderisches, aber kein schöpferisches Geschlecht.

II, 683

Aber was ist nun eigentlich wichtig in der Welt? Was könnte man tun, um einen Platz unter den Gestirnen zu erobern? Ein Mensch baut die Pyramiden, ein anderer Mensch sitzt sein Leben lang in der Einöde für das Heil seiner Seele, und der Himmel lächelt über beiden. Ja, der Himmel kann lächeln, er trägt das Geheimnis in seinem Schoß.

II, 137

11

Der Wald ist seltsam um diese Zeit, er träumt. Es ist eine eigentümliche hallende Stille, ein rieselndes Knistern zwischen den Stämmen, das kommt von den Nadeln, die unaufhörlich aus dem Astwerk fallen. Der Schnee sieht wie behaart aus, wie ein Pelz aus braunen Haaren.
Im tiefen Holz wird ein Specht laut. Das gefällt dem Häher, dieses Rasseln und Schnarren, und plötzlich lacht er schallend auf. Auf lichteren Stellen ist der Schnee mit rätselhaften Linien gezeichnet, sie laufen wie feine Nähte kreuz und quer in Schlingen und Schleifen durcheinander. Das sind die Spuren der Wiesel. Was mögen sie hier wohl treiben, was für seltsame Spiele spielen sie, die kleinen Wiesel in den hellen Nächten? Mitten hindurch läuft die schmale Spur eines Fuchses, hier stand er gestern einen Augenblick in der Dämmerung, hungrig und verzagt und ärgerlich über das Gezeter der Vögel, die ihm die Jagd verdarben. Und weiter unten im Buschwald fände man vielleicht eine Grube, etliche Flocken Hasenwolle lägen da und ein paar Blutstropfen im Schnee. Die Eichkatzen sind in den Wipfeln zu Hause, dort jagen sie sich, schnalzend und fauchend, fallen von irgendwoher ins wippende Geäst und äugen mit ihren beerenschwarzen Augen in die Tiefe.
Viele Tiere beherbergt der Wald, für viele kleine klopfende Herzen ist er ein schützendes Haus.

Es gibt eine Art von Menschen, deren intellektuelle Variationsbreite vom bloß Lästigen bis zum Gemeingefährlichen reicht: die Reformer und Weltverbesserer. Ob solche Schwarmgeister sich nun für die Erneuerung des Kalenders oder der Rechtschreibung ereifern oder ob der Gegenstand ihres Wahns etwa eine künstlich geschaffene Gesellschaftsform ist, die sie mit brachialer Gewalt und auf Kosten des Lebensglückes von Millionen Menschen durchsetzen, im Grunde haben ihre Exzesse doch immer dieselben Ursachen, nämlich Mangel an Selbstkritik und übersteigertes Geltungsbedürfnis, gemeinhin die Lust am Kommandieren.

N, 149

Leute, die im Kleinen nichts leisten, bilden sich gerne ein, sie seien für was Größeres geboren.

A, 18

Man versucht, den andern zu trösten, wenn man verbergen will, daß man nicht mit ihm trauern kann.

A, 1

Leute, die nichts von sich halten, sind auch schlechte Menschenkenner.

A, 7

Wie sehr irrt man sich oft hinsichtlich der Ursachen, die einem das Wohlwollen der Mitmenschen verschaffen! Wie oft sind es nämlich an Stelle der Vorzüge, um deretwillen man ihnen wert zu sein glaubt, eigentlich die Schwächen, aus denen sie unbemerkt Nutzen ziehen.

A, 9

Gewisse Leute fände man viel liebenswürdiger, wenn sie es etwas weniger wären.

A, 5

Es gibt überall Leute, die als bloße Form eines Menschen herumlaufen, und selbst nichts haben, um sich auszufüllen – rechte Keimträger fremder Bosheit.

A, 5

Gewisse Leute sind intelligent genug, ihre Fehler geschickt zu entschuldigen, aber das Untaugliche daran können sie nicht mehr begreifen.

A, 1

Ruhm und Macht sind furchtbare Charaktergifte.

II, 554

Die Welt sei ein Haus, ein ungeheurer Palast mit vielen Türen, und hinter jeder Tür hält Gott eines seiner Geheimnisse verborgen. Da läuft nun der Mensch durch dieses Haus, er hält einen Schlüssel in der Hand und sucht nach der Tür, für die sein Schlüssel paßt. Anfangs ist dieser Mann noch leichtsinnig und fröhlich, sein Leben dehnt sich grenzenlos vor ihm, darum liegt ihm gar nichts daran, wenn er jetzt ein paar von Gottes Türen hinter sich läßt. Er sieht ja immer wieder eine Tür vor sich, von der er alles erwartet, und auf diese Weise gerät der Mensch allmählich in die Irre, gerät in Verzweiflung, und die Not beginnt.
Er ist vielleicht längst an der richtigen Tür vorbeigelaufen, die war klein und unscheinbar, nur eine Luke in der Mauer, kein mächtiges Tor mit Säulen und goldenen Angeln. Und nun ist alles verloren, er muß wandern und suchen, sein Schritt wird müde, sein Haar wird grau. Er schreit auch nicht mehr und tobt nicht gegen die Wand, und am Ende gelangt er wirklich an die letzte Tür. Da sitzt einer auf den Stufen, ein Riese in brennenden Tüchern. Auch er hält einen Schlüssel in der Hand, und das ist der Schlüssel, der alle Türen öffnet.
›Wer bist du?‹ fragt der Mensch und greift an sein Herz.
›Ich bin der Tod‹, antwortet der Riese . . .

I, 262

Die Erfüllung eines Wunsches befriedigt nur dann voll, wenn das Äußerste für seine Verwirklichung geleistet werden mußte. Daher ist eine gewisse Beschränktheit der Mittel Grundbedingung für ein glückliches Leben.

A, 11

Einsamkeit wäre leicht zu ertragen, wenn man sich selbst ein gläubigeres Publikum sein könnte.

A, 2

Eine Wunde muß bluten, sonst heilt sie nicht.

I, 545

Sonderbar, daß man sogar im Bereich des eigenen Lebens nur die gewaltsamen Ereignisse für entscheidend hält, als ob Menschenschicksal nach Menschenart gemacht würde. In Wahrheit bereitet sich alles, was unser Erdenlos bestimmt, von lang her vor, es vollzieht sich unmerklich und wirkt weit voraus ins dunkle Künftige.

II, 388

Jeder Abschied ist ein Abschied für immer. So sehr ist alles dem Wechsel unterworfen.

A, 6

Was du sagst, verweht im Wind. Nur was du tust, schlägt Wurzeln.

S

Wenn man einsehen könnte, daß man etwas nicht begriffen hat, dann hätte man mehr Verstand, als nötig wäre, es zu begreifen.

II, 581

Im übrigen, weil der Mensch auf seinem Wege durch die Zeiten immer der Sonne entgegenstrebt, erkennt er, gleichsam geblendet, das Künftige nicht. Nur was hinter ihm liegt, sieht er in einem verklärenden Licht. Deshalb meinen wir in der Trübsal des Augenblicks, das Beste, was wir haben, sei das, was wir gehabt haben.

II, 244

Nichts ist gewiß, und wo das Wissen anfängt, steht der Tod.

II, 168

Es geschieht dann einmal, daß sich ein Stück Vieh verläuft oder daß man mit dem Heu in das Wetter gerät. Der Knecht ist nicht schuld daran, aber der Bauer meint doch, es müsse eine frische Kraft auf den Hof, ein junger Mensch. Und zu Lichtmeß zählt er dem Knecht seinen Lohn auf den Tisch.

Wie, kann man das in Geld umrechnen? Soundsoviel für deine willige Treue, für Schweiß und Fleiß in schweren Sommerwochen. Das für deine wortlose Liebe, für alles, was du ungeheißen getan hast, damit kein Sensenblatt verkam, kein Hufeisen verlorenging – ja, noch einen Gulden mehr für das zehnmal geflickte Wagenrad! Darf der Bauer so rechnen mit seinem Knecht?

Er beklagt sich ja nicht, im Sommer, sagt der Bauer, zur Heuzeit, kannst du immer wieder einmal kommen.

Der Knecht sucht zusammen, was er besitzt, ein paar Hemden aus dem Flickkorb, seinen grünen Rock für die heiligen Zeiten. Seinen Wetzstein holt er aus dem Heuschuppen, den Rosenkranz vom Nagel an der Tür, das ist alles weit herum in Haus und Hof verstreut. Jetzt erst sieht der Knecht, daß es so wenig ist, was er besitzt, nur ein Armvoll altes Gerümpel in seiner Truhe.

Und dann beginnt die traurige Wanderschaft von Hof zu Hof. Noch einmal ein Jahr als Roßknecht, einen Winter auf der Schattseite, da und dort ein paar Wochen im Taglohn, wenn die Arbeit drängt, es ist nichts Bleibendes mehr. Der Knecht gewöhnt sich an, ungebeten in den Stuben zu sitzen, er bettelt ja noch nicht, aber er richtet es so ein, daß er um die

Essenszeit nach Arbeit fragt, allmählich lernt er das. Es gibt Hochzeiten und Taufen und ein Begräbnis, auch auf den Märkten ist mitunter ein Schnaps zu verdienen. Auf diese Art lebt er ein paar Jahre. Eines Tages besäuft sich der Knecht und legt sich einfach mitten im Dorf in den Dreck, der alte Tagedieb. Einmal kommt es schon so weit, daß ihn sein Elend übermannt, er kann ja auch in eine Scheune gehen und seinen Hosenriemen an den Türbalken knüpfen, manche machen es so. Aber tot oder lebendig, zuletzt liegt er wieder dort, wo er hergekommen ist, im Armenhaus. Und dazwischen ist nichts, Herr, mein Gott, fruchtlos gelittenes Leid, fruchtlos vergossener Schweiß.

I, 426

Das Schicksal ist ein unredlicher Gläubiger, es fordert oft, was man ihm gar nicht schuldet.

S

Wenn das Bedeutende sich gemein macht, wundere man sich nicht. Irgendwie ist auch das Größte gewöhnlich. Der Löwe, obgleich er mit dem Schakal seine Mahlzeit teilt, ist darum doch der Löwe.

A, 9

Es erfordert zuweilen mehr Mut, den Gegner zu fliehen, als ihn anzugreifen.

A, 8

Zum Glück läßt ja ein Verrückter den anderen gelten. Wäre es nicht so, dann könnte kein Weiser den anderen gelten lassen.

II, 506

Es ist viel leichter, auf etwas zu verzichten, das man fest besitzt, als auf etwas, das man erst erstrebt. Darum ist Uneigennützigkeit soviel seltener als Freigebigkeit.

A, 11

Die Lüge als Zweck ist ein Kunstwerk. Nur als Mittel zum Zweck ist sie verwerflich.

A, 7

Ohne Selbstsucht lügen heißt im Grunde aufrichtig sein. Denn immer die Wahrheit sagen wollen, ist eine unverschämte Anmaßung.

A, 7

Als Erster für eine Sache einzutreten, ist weniger gefährlich, denn als Letzter. Die Treue ist eine mörderische Tugend.

A, 19

Stolz kann sich auch im Ertragen bewähren, nicht nur in der Auflehnung.

II, 677

12

Aber nichts ist zu vergleichen mit einem Tag im späten Winter, der dich plötzlich anrührt und sagt: Wach auf! Du gehst vielleicht auf den gefrorenen Wegen oder am frühen Morgen über die Felder, und da ist nichts Ungewöhnliches, Schnee und blanke Kälte überall. Allein, dann streift dich ein Zweig, plötzlich hast du Knospen vor Augen, zarte rosige Knospenfinger an diesem Apfelbaum. Oder du steigst über einen Tümpel an deinem Weg, nichts weiter, aber der blaue Himmel spiegelt sich darin. Und dann siehst du einen Finken auf dem Zaun sitzen mit einem langen Strohhalm im Schnabel – was will der kleine Fink mit seinem Halm im Schnabel? Und mit einem Male spürst du einen süßen Schreck in deiner Brust, du bleibst verwundert stehen und schaust dich um, und dein Herzschlag zögert einen Augenblick – ja, was ist das, was geschieht mit dir?

I, 313

Von einigen weiß ich, daß sie ihren unwandelbaren Charakter nur wahren, um andere damit zu ärgern.

S

Zufriedenheit ist ein so augenscheinliches Privileg der Dummheit, daß es kompromittierend ist, zufrieden zu sein, und daß man schon deshalb nicht zufrieden sein kann, selbst wenn man's wäre.

A, 15

Nichts erfordert mehr Geist, als nichts zu tun zu haben und trotzdem nichts zu tun.

A, 9

Die wenigsten begreifen, daß es langweilig sein kann, unterhalten zu werden.

A, 7

Man redet niemand lieber Übles nach, als einem, dem man vergeblich geschmeichelt hat.

A, 2

Der Neid unserer Mitmenschen treibt uns mitunter zu Leistungen hinauf, die wir mit ihrem Wohlwollen niemals erreicht haben würden.

A, 8

Persönlicher Geschmack ist ein unschätzbarer Regulator der Lebensführung, allein schon durch Beschränkung, Auswahl, Harmonisierung der Bedürfnisse.

A, 19

Man sollte nicht zuviel auf alte Sprüche geben. Oft sind sie nur Gemeinplätze, Friedhöfen vergleichbar, auf denen verstorbene Weisheiten begraben liegen.

II, 556

Ich kann manchem helfen, wenn er mir glaubt, aber ich kann mich selbst nicht heilen, denn ich glaube mir nicht.

II, 697

Es ist mit Büchern nicht anders als mit Menschen, denen man unterwegs im Leben begegnet. Die meisten streift man nur, kaum beteiligt, mit einem Blick. Andere beschäftigen einen für eine flüchtige Weile wie jemand, mit dem man auf einer Bank ins Gespräch kam. Man hört seine Geschichte, teilnehmend oder angewidert, erheitert oder bestürzt, aber immerhin um eine Erfahrung reicher. Nur sehr wenige werden einem zu echten Freunden, und nicht die Auffälligsten in der Regel. Aber aus ihnen strömt etwas unerschöpflich Heilsames, das einem wirklich hilft, die qualvolle Einsamkeit des Herzens im fühllosen Getriebe dieser Welt zu ertragen.

N, 157

Kunst? Das wäre nun endlich ein Stichwort für den Meister, da müßte er weiter ausholen. Ach Gott, Meisterschaft, wer dürfte sich dessen rühmen, deren, besser gesagt. Was sei überhaupt heutzutage Kunst? Doch nur das, was irgendwer für Kunst ausgebe, nicht etwas Geschaffenes also, sondern ein Geschäft.

II, 572

Gewiegte Kaufleute, Insassen einer Managerie sozusagen, haben entdeckt, daß sich die Kunst merkantil ausschlachten läßt, wenn es gelingt, die Urteilsfähigkeit des Publikums mit werbepsychologischen Methoden zu lähmen und ihm gleichzeitig den Künstler, seiner ursprünglichen Gestalt beraubt, als bloßen Namen, als Markenware zu verkaufen. Selbst den redlichsten Intellektuellen kann man schließlich noch erpressen, mit Hilfe seiner panischen Angst, er könnte von anderen, bereits gefügigen Intellektuellen zu den Rückständigen gezählt werden.

II, 687

Einst ging die Zeit mit der Kunst, jetzt geht die Kunst mit der Zeit, und mit der Zeit wird sie vor die Hunde gehen.

S

Aus dem Himmel fällt kein Meister, sagt wiederum ein anderes Sprichwort. Das halte ich für eine der verläßlichsten Auskünfte über jenseitige Verhältnisse. Denn wie sich aus dem Zustand der Welt schließen läßt, scheint bisher wirklich nur Pfuscher das Mißgeschick getroffen zu haben, aus dem Himmel zu fallen.

II, 558

Unsinn kann man auch schweigen.

S

Nichts an unserer Zeit scheint mir so neu zu sein wie der Lärm, den sie macht.

II, 497

Ich weiß nicht, welches, oder (auch nicht besser) was die Rolle des Schriftstellers in der Gegenwart ist. Fast möchte ich meinen, daß er überhaupt keine Rolle spielt. Aber das Bleibende stiftet er immer noch, nämlich Unfug. Es würde mich wundern, wenn je ein moderner Schriftsteller der Versuchung erläge, die Wirklichkeit poetisch auszumalen. Er liefe ja Gefahr, Rang und Namen in einer Gegenwart zu verlieren, die man wahrscheinlich später einmal als Stilepoche der Zotik definieren wird.

Br, 99

Wahrscheinlich hängt es im übrigen gar nicht mit dem Untergang des Abendlandes zusammen, wenn die Menschen heutzutage nicht mehr so viel lesen. Es hängt nur mit dem Umstand zusammen, daß die Leute, die Bücher lieben, sie nicht mehr kaufen können.

S

Es gibt freilich Dinge in der Welt, die sich nicht erklären lassen. Daran ist kein Zweifel, daß einem so verwickelte Dinge begegnen können, Gott hat sich immerhin dies und jenes vorbehalten. In alle Töpfe sollt ihr mir nicht schauen, sagte er am Anfang. Aber er hat es wiederum so eingerichtet, daß niemand an seinen Rätseln zugrundegehen muß, er hat die Welt so gebaut, daß wir mit Händen greifen können, was wir im Leben brauchen.

I, 298

Weit in der Runde öffnet sich das Tal, gut anzuschauen, dunkles Land bis unter den Wald hinauf, frisch umgebrochene Äcker und die hellere Wintersaat, Wiesenflecken dazwischen, auf denen das Weidevieh langsam umherzieht. Da und dort ist noch ein Gespann unterwegs, ein paar müde Gäule und ein Knecht hinterher, auch müde, die Tage sind schon lang. Das alles verdämmert so ruhig im Feierabend, friedliches Leben, langsames, schlaftrunkenes. Anderswo geht ein einzelner Mensch vom Haus weg in sein Feld hinein, er bleibt stehen und schaut umher. Vielleicht hat dieser Mann Sorgen, es mißriet ihm etwas, und jetzt steht er da und betrachtet das Ganze noch einmal, den Himmel und sein Feld. Wankt der Himmel? Verdorrt sein Acker? Nein, es ist ja alles gut. Gut, denkt der Mann und schlendert ins Haus zurück.
In der kühlen Tiefe schwebt bläulicher Dunst, da liegt das Dorf, ein Häufchen grauer Käfer den Bach entlang.

I, 584

Läge es an mir, so wäre die Welt nie über drei Tagreisen hinausgewachsen und das nur vom Hörensagen. Von der Türschwelle gemessen, wäre es immer noch verteufelt viel. Ich wüßte nicht, was im Umkreis fehlen könnte, daß ich ausziehen und es aus der Fremde hereinholen müßte.

II, 262

Ich bin immer gern Umwege gegangen, um sozusagen von hinten an ein Unheil heranzukommen. Gewöhnlich war die Kehrseite die bessere.

S

Es brauchte noch Jahre, bis ich einzusehen lernte, daß man mit dem Wind, den man selber macht, die Segel nicht füllen kann.

II, 698

Ich kümmere mich weniger um das, was bei Hesekiel oder Maleachi geschrieben steht, dafür mehr um das, was Christus gelehrt hat: Tätige Liebe. Sie allein ist der Sinn meiner ganzen Arbeit.

Br, 116

Humor ist mir zeitlebens ein stiller Helfer gewesen, in allen Nöten, auch in der Liebe. Denn er schlägt die Augen nieder und sieht mit dem Herzen.

II, 696

Vielleicht muß ich die Fähigkeit zu zweifeln für die beste meiner Gaben halten. Natürlich ist alles, was ich mache, unzulänglich, am Größeren gemessen. Aber andererseits versuche ich doch immer, das Äußerste dessen zu tun, was meine Kräfte erlauben, und ich habe auch immer das Äußerste gewagt, nicht nur auf dem Papier.

Br, 134

Ich selber habe kein emotionales Verhältnis zu Erzeugnissen der Technik. Reparaturen an der Schreibmaschine oder an meinem Wagen, auch solche, die ich selbst vornehmen könnte, überlasse ich grundsätzlich dem Fachmann, der sich ja auch nicht für berufen hält, sprachliche Mängel in meinen Büchern auszubessern. Ich fahre gern und auch schnell, wenn es die Straße zuläßt, aber ich vergesse nie, daß nicht entscheidend ist, was ich selber tue, sondern was der andere tut, der mir entgegenkommt, und leider doch nicht immer entgegenkommend ist.

Br, 92

Für mich ist der Rest meines Lebens eigentlich ein ständiges Abschiednehmen. Es bleiben nur die kleinen Freuden, die man sich freilich selber suchen muß.

Br, 145

Mein letztes, mein Lieblingsbuch also, wäre nichts weiter als ein Pflanzenkatalog.
Er wäre ein Buch der Lobpreisungen, des wehmütigen Dankes an alle Freunde aus dem stillen Reich der Pflanzen, die mich im Leben begleitet haben, die mich lehrten, einfach da zu sein, mutig und geduldig, und Abschied zu nehmen ohne Klagen.

II, 705